U0122800

鑄木鏤冰
但希鐫琢

流動的椅子

作者——路雅

2023年12月初版

主編 余境熹
編輯 編輯製作小組
書刊設計 Gin Wong
出版 初文出版社有限公司
manuscriptpublish@gmail.com
紙藝軒出版社
sales@paperhouse.com.hk
印刷 柯式印刷有限公司
香港北角屈臣道4-6號
海景大廈B座605室
電話：(852) 2565-7997
傳真：(852) 2565-7838
發行 香港聯合書刊物流有限公司
香港新界大埔汀麗路36號
中華商務印刷大廈3字樓
電話：(852) 2150-2100
傳真：(852) 2407-3062
海外總經銷 貿騰發賣股份有限公司
新北市中和區中正路880號14樓
電話：886-2-82275988
傳真：886-2-82275989
網址：www.namode.com
ISBN 978-988-76931-3-0
定價 港幣150元　新臺幣600元
Published and printed in Hong Kong
香港印刷出版

版權所有，翻版必究

失序

——悼古蒼梧

這算不算老天開玩笑？一忽
兒你便離我們而去
有個約會本來說好了
一朝醒來
種種世情俗務原來
不再重要
相識於那數不清的地支天
干　你都忘記了麼……

那半個世紀的闊別
也切不斷和
算不清　你於我亦師亦友的關懷
是文字結下的緣
一刻間卻化作了
場游離的夢

自由的你揮灑上路罷！

由衷說一句：讓我的小說就欠上一篇序　理他

罷不了的自由

後記：七十年代初，剛開始學寫新詩，古蒼梧曾在百德新街的中報週刊當編輯，我在同一條街的易通英專上堂，下課曾上報社找他求教寫詩。近日整理我的第二本短篇小說集，邀他為我寫序，三天前仍在電話中洽談送上排好的書稿，沒想到今早小思傳來他逝世的噩耗！

目錄

楚幽王劍

戰爭全面爆發，
家破、輟學、流離，
女子樊音如何為抗戰和保存文物盡心？
這是小人物的故事，是「凡音」；
亦是大時代的血性流露，是華夏不凡的吼聲。

傷別

沒有人了解生離死別有多痛。她本來生長在北京一個中產家庭，生活得幸福，父親是樊家明歷史教授，任教清華，母親是音樂家，彈得一手好鋼琴。兩老就只有樊音一個寶貝女兒。

她沒有母親的遺傳，五音不全，當每個人都在談論着張恨水的鴛鴦蝴蝶夢時，十二歲的樊音卻捧着曹雪芹的紅樓夢。許地山、郁達夫、丁西林、沈從文、李清照……他們的著作她都讀遍了。

一九三七年日軍從北平(ref. 1)入侵中國，那年樊音十七歲，正預備入大學，戰爭爆發，被迫停學。父親在戰爭中死去，她抱着淌血的身軀，哭成了淚人。一年後母親跟着病逝。

「誰能料到，短短的兩年間，會有如斯重大的改變……」她嘆了口氣。

「世事無常，人總要活下去啊！」沈福文(ref. 2)安慰她說。樊音說起前事，不勝唏噓，安葬了母親後，她跟着同學來了重慶，憑着中學時期在學校演話劇的經驗，讓她有機會參加東方話劇團。當年沈福文是他們的美術顧問。自此以後，演劇成為了她生命中重要的一部分。

二次世界大戰裏，瑞士這小國並未捲進戰爭中。在偶然的場合她遇上一個瑞士學者，他知道樊音是歷史學家的後人，很想給她看一把青銅古劍，希望她給些意見。她從未見過一把如此曠世古劍，長約一米，劍柄上刻有浮雕的龍，劍身烏黑柔亮，隱隱發光，時間奪不走它的光彩耀目。她相信這樣有靈氣的一把劍，只要拭去覆蓋在它身上的歲月殘痕，讓它重見天日，必可活出燦爛的生命！

「沈老師可以帶我見唐先生嗎？那瑞士學者想把劍賣走，聽說有一法國人正在洽談中。」這麼貴重的劍，在這亂世要找買家談何容易？但沈福文仍然願意一試。

第一次見到唐亦存，本來編排得好好的說話，結果都沒法說出來。

樊音對自己感到失望，沒有說服他買下古劍。第二天如常演出，才踏出台板，便感到很不一樣，在黑越越的人影中，很快找到他的身影，整段戲再沒法演下去，不知心往哪兒跑了……兩天後他透過沈福文約了她見面。

「你買了那劍！」她見面劈頭第一句便興奮地叫起來。沒等唐亦存回答便跟着問：「兩天前你來了看話劇？」

「都給你說中了！」樊音一雙眼睛亮得禁不住喜悅。整頓飯都是她侃侃而談，他來不及回應，連她自己也奇怪，哪裏找來那麼多話題？

樊音帶給唐亦存很多難忘的時刻，在戰亂的日子，沒有人可以計劃明天。

很多個晚上，她掌着油燈，如豆的微光照着她晃動的臉容，薄薄的唇瓣勾出清逸淺

(ref. 1)

(ref. 2)

(ref. 1) 短短數行，樊音生長的地方一時稱為「北京」，一時喚作「北平」。這是因為在樊音出生之時（約1920年），北洋政府仍以北京為都城；但到1928年，國民革命軍北伐成功，將首都遷回南京，北京乃又改稱北平。

(ref. 2) 沈福文（1906-2000），藝術教育家，福建詔安人，擅長漆器工藝，代表作為《堆漆金魚》。曾留學日本，抗戰期間回國，於國立藝術專科學校任教，不久隨校遷往成都，並與雷圭元、李有行等創辦中華工藝社。

來源：(ref.1) chinaqna.com　(ref. 2) easyatm.com.tw

笑，有時又帶點青春的傲氣。

「小音，你可以不哭嗎？」當有一天她捧着一隻街貓回來。小音是唐亦存對她的暱稱。他們在一起的日子無所不談，童年趣事到家國，但從不觸及明天……

每次醒來，如果發現唐亦存已經起床，她會習慣假寐，這個「秘密」也許他早就知道。她只希望每天早上都能這樣過去。那麼明天他仍然留在身邊……

她希望那天永遠不會來。希望他不會跟她話別，這會很傷她的心，要不就是捨不得走。

那個早上，就和每個早上一樣，沒有甚麼特別。

沒有人了解生離死別有多痛。

他輕吻着臉，讓她眼睛緊閉。

她願那刻永遠留着，但今次顯然不同：她聽見漸遠的腳步聲，然後是輕輕的掩門，直到那一刻，她才讓淚水淌下來，缺堤一樣，披流滿臉……

二〇一五年七月三十日

一場沒有天長地久的愛情，
該換來「人生若夢」的唏噓，
還是「孽緣真多」的慨嘆？
抑或，為了家國而犧牲小我，
兩顆相愛的心要掀起無窮感動？

懷劍

你醒來，昨宵彷彿夢見被褥，她在身邊睡得很甜，枕上散着一髮空茫，低低垂下的長睫似在微笑；你捨不得吵醒她。掀開軟軟的毛氈，她白皙的皮膚呼吸着窗外透進的微光，外面是一山的樹，涼涼的露水染冷早春的鳥啼……

也許有一天，她醒來再也見不到你，在這戰亂的日子，誰輕言信？

你是商人，經常要往返上海、廣州、重慶幾個大城市，老家在湖北。

一九三七年七月七日蘆溝橋事變，日軍從上海進攻南京，在南京以外的金山、杭州、蘇州、無錫、蕪湖、揚州等先後淪陷，國共兩軍，再次合作，力抗外敵。

樊音是話劇成員，茅盾(ref. 3)也為他們的劇社寫過劇本。

樊音在劇社是二線女角，主角因事未能演出時她會擔正。她不算美艷動人，如果用花來形容她的美態，你會把她喻為茉莉(ref. 4)，沒有甚麼風姿綽約，從她身上只會散發出淡淡的幽香。她的美麗，是屬於較內斂的那種。

日本未侵華的時候，你會辦些布疋到上海和廣州，現在一片反日情緒，罷買日貨；你就變得悠閒了。

「有三張林風眠(ref. 5)的仕女水墨與二張曹克家(ref. 6)的工筆貓……」小學同學董永賢當年任教中學，李有行(ref. 7)、沈福文曾與他共事，李、沈二人教美術，很多詩人墨客都透過董永賢向你賣畫，與其說你愛畫不如說你對藝術家的支持，在這亂世，錢比甚麼都重要。

「你問賣家要甚麼價錢？李可染(ref. 8)是一個很有天份的畫家！」畫買得多了，你的眼光也擴闊得遠大。

沈福文那天交畫給你，約了在沙利文(ref. 9)午飯，你去到，與沈在一起的還有個年輕女子，束着兩條孖辮，身上一襲靛藍布衣。

那頓飯沈福文介紹了你認識樊音，她生澀地向你打了個招呼：「唐先生好！」

「你好！有機會一定要欣賞樊小姐的演出。」你知道她是話劇演員，禮貌地報以微笑。

(ref. 3)茅盾(1896-1981)，原名沈德鴻，字雁冰，浙江桐鄉人，中國現代作家及文學評論家，代表作有《子夜》、「農村三部曲」。

(ref. 4)茉莉花背後有則傳說故事：愛上太陽神的公主因戀情不順而自殺，之後她的墳塋長出了夜茉莉。這種花每遇見陽光便會縮起來，花瓣也在破曉時分凋零殆盡。茉莉的傷戀傳說，是否竟預示了樊音的命運？

來源：(ref. 3) new.qq.com

(ref. 5) 林風眠 (1900-1991)，原名林鳳鳴，廣東梅州梅江人，畫家暨教育家，中國現代繪畫開創者之一，與顏文樑、徐悲鴻和劉海粟並稱「四大校長」。曾赴法國巴黎高等美術學校留學，回國後創立杭州國立藝術院（現為中國美術學院），任校長兼教授。

(ref. 5)

(ref. 6) 曹克家 (1906-1979)，別名汝賢，北京人，畫家。擅長工筆畫貓，曾任中央工藝美術學院教師，輕工業部工藝美術公司幹部，為中國美術家協會會員。成名作品有《耄耋圖》，並著有《怎樣畫貓》和《宋瓷紋樣》等書。

(ref. 6)

來源：(ref. 5) zh.wikipedia.org (ref. 6) share.nctvcloud.com

(ref. 7)

(ref. 7) 李有行（1905-1982），四川梓潼縣雙板人。曾赴法國里昂美專留學，並獲畢業設計獎，回國後於上海美亞絲綢廠任圖案設計室主任，歷任國立北平藝術專科學校教授。抗戰時期，隨校南遷，在四川創辦四川省立藝術專科學校。

(ref. 8)

(ref. 8) 李可染（1907-1989），原名李永順，齋號師牛堂，江蘇徐州人，中國當代畫家。兩度當選中國美術家協會副主席，亦曾任中國畫研究院院長。創作以山水、動物為主，尤愛畫牛，代表作有《灕江勝境》與《萬山紅遍》等。

(ref. 9)

(ref. 9) 沙利文西餐廳，位於重慶的老字號西餐館，菜色充滿異國風味，為當時上流人士及知識分子聚集地。

來源：(ref. 7) share.nctvcloud.com　(ref. 8) zh.wikipedia.org　(ref. 9) xiaohongshu.com

「樊小姐認識一位瑞士人，他擁有一把春秋戰國時期的青銅古劍。」沈福文解釋為甚麼今天她會在這兒出現，因為瑞士人想把此劍賣給法國人，她不希望此劍再落在外國人手裏。

「希望唐先生可以買入此劍。」樊音殷切地望着你。

你沒有答應，因為知道那劍價值不菲，不是隨便買幾張畫那麼簡單。

結果第二天，你拿了八條金條去找那瑞士人。

跟着去了重慶市國泰戲院看樊音的抗日劇(ref. 10)。你是個非常理智的商人，因此不會為這次瘋癲的行徑作任何解釋。沒有誰比你更清楚，買劍是違反了基本的營商原則。

一開始就知道是一段錯植的愛情，不會有甚麼好結果。樊音深深愛上你，不是因為買了那把劍，正如你愛她，也不會為此而買劍。

與她在一起的日子彼此都很快樂！有些事實大家都知道，你們之間沒有天長地久。

有一天，她抱着一隻流浪貓回來：「怪可憐啊……」有時她又會煮些你愛吃的菜。「有沒有看見我的劇本？」她不是個粗心大意的人，問這問那，只想你知道她還在身邊。

沒有甚麼事可做的晚上，你們會坐在天階看星。

但她知道，終有一天你會不辭而別，因為無論她多愛你，都不會跟你走。只要戰爭一日未完結，她都是屬於抗日話劇的。而你，只有帶着楚幽王古劍離開中國，它才得以好好保存！

後記：一九四一年商人唐亦存帶着楚幽王劍，從中國重慶到了香港，次年把劍賣了給一個姓李的收藏家。此君八五年移民去了多倫多，後來於多倫多又轉賣給一名為袁立君的律師。

二〇一五年七月二十七日

(ref. 10) 國泰大戲院上演的抗日話劇：《保衛蘆溝橋》。

來源：(ref. 10) k.sina.com.cn

世上沒有不賣的東西嗎？
有人故意把婚姻當成一樁交易嗎？
跨世紀輾轉相傳的古劍，
四十年前的情緣回憶，
再度現身於當下。
是有緣？是無緣？還是只能隨緣？

賣劍

當你決定要賣劍的時候，就預計到有人會找你。那天走在街上，電話忽然響起來……

「喂，是袁先生嗎？」對面一把陌生的聲音。

「是，誰呀？」街上行人眾多，你找了一處僻靜的地方停下來。對方說致電給你來得冒昧；得悉你有把青銅古劍，不知道可否割愛？

沒有問他從何得知你有劍，更沒有問他哪兒找到電話。因為你明白，只要想得到，沒有甚麼是不知的。

「世上沒有不賣的東西！」你答得很簡單。收線以後，你繼續往旅行社的方向走，多倫多的唐人街幾十年沒有改變，那些老街，存在比你還要久遠，有些雜貨店仍然可以買到萬壽無疆燒花碗，又可找到電話卡；不像香港，每次回去都改變，沒有面貌的城市。

多倫多是個冬夏分明的地方。現在是盛夏，楓樹正茂，陽光曬人火燙，旅行社開在一間凍肉店的地牢，你是個知慳識儉的人，無謂多花的錢，一個仙你都計算。這家旅行社勝在成本平，老闆是個六十餘歲的漢子，加一個二十歲的小妹，兩台電腦，兩個雜誌架上插着零星的旅行冊子，殘殘舊舊地訴說着歲月的唏噓。

暗暗燈光下，照着兩串受潮後捲曲的廣告紙旗，虛虛蕩蕩地懸在近門口一邊。還有棵奀瘦的鐵樹，默劇一樣站在那裏。

「忠伯，這個月二十日飛香港的最平機票，除了馬航。」你坐下櫃檯前的把手客椅，他開始上網；旁邊幾張椅子都是沒有滑輪的那種，你相信這兒從未試過客滿，廉價的人造皮露出殘破的花白，讓人看到歲月流過的痕跡……

「回程時間？」忠伯托了下眼鏡，目光從螢光屏轉向你，低下頭視線自鏡框上端穿過，聚焦在你臉上。

有些失去的東西，永遠不能尋回。

那年春天，在夏灣拿近海的露天茶座，程鷺束着一把馬尾，微風吹拂着兩鬢髮絲……網絡臉書讓你找回失去聯絡近四十年的她。當年如果你不是那麼執着，也許她不會作出那決定！

「從香港接飛一程古巴的夏灣拿，然後再折返多倫多，暫定下月三十日回來。」時間把你拉回了現實。

離開了古巴，多年後知道她嫁了給一個中年男人作填房。你認識她那年才十七歲，年輕貌美，她故意把婚姻當作一樁交易。

她揀了一個又老又糟的老頭嫁，但有錢，她是做給你看。連婚姻都可以賣！

收藏到春秋戰國時期的楚幽王青銅古劍是一種緣份，遇上程鷺也是緣份。

六十年代余世堅(ref. 11)與你都是呂壽琨(ref. 12)的弟子，你喜歡文學，繪畫不是強項，上了幾個月堂逃學去了。余世堅囑你回港印說明書記着找那寫詩的印刷人；他叫白雲，拿兩張畫去換他的設計，錢不能打動他的心。

抵港後你按老余的地址找到那家印館，未到門口就聽到有人粗聲地嚷：「恕我無能，若照你的方式去印，這樁生意我不接了！」

一個衣着光鮮，西裝筆挺，貌似行政人員的中年男子，目定口呆地被推出門外。

「世上有些東西是不賣的！」他大聲地補充一句說。近年生意不易做，做印刷可以那麼有性格；大概這人就是白雲吧！

(ref. 11)

(ref. 11) 余世堅 (1943-2020)，香港現代水墨藝術家。60年代隨呂壽琨等藝術家，參與中外新水墨運動的畫展。70年代遊學美加，後於多倫多開設「今代畫廊」。80年代回港，續從事水墨創作，作品見於中港多場展覽。

(ref. 12)

(ref. 12) 呂壽琨 (1919-1975)，生於廣州，香港水墨畫家。「香港新水墨運動」的先驅，培育多位香港水墨畫家，包括王無邪、周綠雲、梁巨廷、靳埭強等。

來源：(ref. 11) de-de.facebook.com (ref. 12) hk.thevalue.com

袁立君似乎一毛不拔，
卻願意為保存文物出錢費力；
白雲是「付錢便開機」的商賈，
又是有靈氣的愛詩、寫詩人。
矛盾的聚合，藉着印書、贈畫，
延續楚幽王劍鑄就的情愛與家國傳奇。

印書

那人說有把二千多年前的青銅劍，為它印一本說明書；其實我只是一個普通的印刷商人，付錢便開機，印書簡單不過。但今次他的要求很特別，要我親自操刀設計，他要一個有靈氣的人去做這工作。

「因為只有詩人才有那份情操……」他的見解很奇特，像個不似此世代的人，想法異常，不食人間煙火。我沒有名氣，為甚麼認為詩人的設計會好？況且他從未見過我設計的作品。

這不情之請代價是一張清代畫家潘振鏞(ref. 13)的工筆仕女(ref. 14)，再加一張丁衍庸(ref. 15)的青蛙斗方，那算是送給我女兒的禮物。他知道小女也喜藏畫。

七十年代香港百業待興，我在蘭桂坊開設印刷小店，創業初期，身兼數職，接單、計價、做稿一人包攬。

我不是設計師，只是一個普通印刷商人，經過四十年的努力，印刷公司雖然不是甚麼大廠，但也有六、七十人，設計部近十人，因為競爭劇烈，更設美術總監之職。我做出來的設計絕不值一張畫的代價，單一張潘振鏞的仕女圖，遠超於印書的費用。

想不到賣劍的人會愛上新詩，那個下午落着大雨，他找上印館，從公事包拿出四十幾頁的文獻。一把收起的傘放在門邊，還在淌着雨水。

「電話裏跟你說的那把楚幽王劍，這裏記載得清清楚楚。」他瞟了我一眼：「你愛讀王辛笛(ref. 16)的詩？」

「……飄落罷
這夜風　這星光的來路
馬仰首而鬣垂條
是白露的秋天。」

不會唸錯吧？

「他不知是不是透明的葡萄
雞啼了
但陽光並沒有來。」

他接着唸下去。

我給他計算着起貨時間，他要去夏灣拿，「可以兩星期內完成這本書嗎？」他問。

「應該沒問題，要看你做校對的效率。」從余世堅的口中知道此單身漢，為了初戀情人終身不娶，他這次回來，目的是賣劍，要賣出一把價值不菲的古劍，當然要好好地計劃，一本精美的說明書是不可以缺少的工具。

余世堅是多年的老顧客，三十年來，大小畫展，都是找我做畫冊，記得他第一次找我的時候，就提出了他的要求。他跟我說就是不滿意那些印刷公司把他的作品修改得太過光亮、色彩誇張。「我的畫經此已失去原作的韻味了……」

我要的是真實的面貌！他不止一次向我表白，畫作要寫出心底那份誠懇。我喜歡你的印刷，因為你用色彩表達到畫作蘊藏的活力。很少廠家的印刷品能夠顯現生命！

賣劍的袁先生正與客戶主任交接印書的資料，我拿着剛接過的卡片細看，原來他是律師，考取了中、港、加、美的執業資格。

卡片上印着袁立君三字，後面印上很多職銜。余世堅曾對我說過四十年前袁在夏灣拿工作過兩年，在那裏認識了程鷺，兩人很快便墮入愛河，程鷺生長在一個富有的華僑家庭，袁立君當年只是窮光蛋一名。

「我不想此劍落入日本人手裏，買入這劍的確是比當初議價貴了，但也是值得……」他對我說，一臉真誠。

甚麼是值得呢？唉，世上孽緣真多。

程鷺為了留住他，將自己也給了他，那個年代，一個少女可以這樣做，是不容易的事，可是還是留他不住。

(ref. 14) 潘振鏞的工筆仕女

(ref. 13) 潘振鏞(1852-1921)，字承伯，號亞笙，又號雅聲，秀水（今浙江嘉興）人。仕女畫師法費丹旭（曉樓），其畫與沙山春、吳嘉猷（吳友如）合稱「三絕」。代表作有長卷《貴妃圖》、《明妃出塞》、《西施浣紗》、《霸橋風雪》、《寒江獨釣》等。

來源：(ref. 13) kknews.cc

(ref. 15) 丁衍庸(1902-1978)，後名丁鴻，字叔旦，廣東茂名縣（今高州市）人，香港藝術教育家，獲譽為「東方馬蒂斯」及「現代八大山人」，擅畫花鳥人物。曾留學日本，後移居香港，創辦香港中文大學藝術系。

(ref. 16) 王辛笛(1912-2004)，原名王馨迪，江蘇淮安人，中國現代詩人。曾赴英留學，回國後任暨南大學、光華大學教授。

來源：(ref. 15) newton.com.tw (ref. 16) chinawriter.com.cn

我迷茫地望着余世堅，他嘆了口氣：「他始終放不下，認為自己配不上她……」

十天後，袁立君滿意地拿着書走了。

兩個星期過去，有客打我房間經過，見枱上有楚幽王劍一書，他翻了幾頁，詫異地問：「世上真有此劍麼？」

其實人生若夢，世事無常。很多事情都是真假難分……

「劍是真的！」我詭秘地對他說：「但有關此劍的故事，卻是假的！」

楚幽王劍說明書

賣詩的老人

鳳凰樹下的賣詩老人，
工廠大廈的印刷商。
他有寫詩不如先學做人的淡然，
更有焚稿祭詩的一往情深。
記憶退化的歲月裏，
有忘不了的離別與歸來。

賣詩

每天黃昏，都會見到這個老人，拿着一疊寫滿詩句的白紙，來到公園的空地，小心翼翼地，一張一張放在地上，然後在上面壓上石頭。

每張紙都寫上密密麻麻的詩句，經過的人，偶有停下來，可惜都看不懂那些詩。老人寫的每首詩都有個價，貴賤都有，最便宜的十元八塊，最貴的可以十餘萬。沒有人看見那些詩賣出過。曾經有人問過賣詩的老人，他寫甚麼？可是不得要領。天還沒有黑齊，他會收起那些詩回去。沒有人知道他這樣認真地過了幾多年，怕有三、四十年吧！

他還要繼續擺賣到何時呢？有一點可以肯定，明天他會再來。不為甚麼，只因他仍活着！

秘密

鳳凰木盛開的六月，火紅地燃燒着夏日，你送走童年一塊兒滿山走的摯友。帶着失落走往回家的路，經驗告訴你，送走的人不會回來。

抵埗記着寄信給我！……他眼眶強忍着要淌下來的淚，然後別過臉，隱入擠向閘口的人群，你連他的身影都留不住，還有甚麼值得計較呢？

經過公園，你又見到那賣詩的老人，鳳凰木落英繽紛，在滿鋪的詩篇前停了下來。你看到一篇擠滿了費解的文字中的別離：

〈離別〉

這雨後的禽鳴
碎落北窗
雲煙往事
化成一山的綠

簡單的四句，卻深深感動了你。

你想把那首詩買下來，老人卻冷漠地向你表示，那詩是不賣的！……要麼就拿去，反正是篇寫壞了的作品。

老人沒賣出過詩的秘密終於揭露，原因是有人看中了的，他都說是寫壞了的詩，當然不能賣。

但這秘密，從來就只有他一人知道。

葉甦　攝

祭詩

世界上除了動、植物之外，還有一種叫做詩的生物。詩不是存在於三維空間，而是傳流在時間。

他是一個愛詩的人，當然知道在甚麼氣候環境下，詩才可以生長。

「誰是當代最偉大的詩人？」當他聽見有人提出這個愚蠢問題時，就不屑地冷笑，詩與詩人有何瓜葛？詩出來了，自然有自己的生命，根本就是獨立個體，與詩人是否偉大有甚麼關係？

以前詩要靠手抄才可傳閱，詩的出現具備頑強的生命力，現在透過電腦網絡，詩的出生率大大提升，可惜夭折得非常快，存活率亦不高。

身邊的人都喚他作賣詩的老人，見他每天在公園鋪滿詩作，以為他向來多產，其實他是個難產的創作人。

每一篇自他手中流出去的作品，都有一種經歷的痛苦，亦同時宣示了那詩已死亡，時間累計下來，每為拯救不到詩而內疚。

在一個無星的夜，他終於把詩稿焚掉，而他也成為了第一個祭詩的人。

詩神

稱得上詩神，一定是寫得一手好詩。

他識得用韻、掌握節奏、遣詞用字，不能以熟練去形容，在寫詩的境界來說，已經到達化境。甚麼是化境？只有真正的詩人才知道！

「詩非言志，乃役感悟。」他常說：「寫詩要靈氣！否則操練也枉然。」他的著作和理論，譯成二十多種語言。除了小學四年級的一篇作文被老師拿去貼堂外，幾十年來拒絕接受任何獎項。

他的作品經常被盜用，直接間接，抄襲模仿，不斷出現在文化、哲學、音樂、工程、宗教……甚至廣告，穿梭在電腦網絡，而傳統媒體亦廣泛地受到影響。他的情詩迷倒萬千少女，有人作調查，偏遠山區有老嫗曾讀他的詩作產生遐想。

為了了解詩神魅力所在，中央教育部把他的作品放到超級電腦，天河二號（運算速率達54.9PFLOPS）去分析，但只出現∞符號一個。

這天，詩神拿着一批作品預備發表，一個年輕護士走進他的幻想世界，遞給他幾粒藥丸說：「夠鐘吃藥啦！」

詩神身處那個地方，正是藍天白雲下的花園，清幽寧靜，鳥語花香，座落在新界青山精神醫院。

後記：世上最難療的傷是情傷，因為看不見傷口；卻痛在心底深處，三段刻骨銘心的愛情，令他在詩壇失蹤三十年，沒有人知道他在青山精神病院度過了多少時日？

求詩

杜明喜歡寫詩，嶺南中文系畢業後，比其他同學幸福，立刻在電視台找到一份撰稿的工作。

寫好詩，爭取發表機會，喜歡聽到別人的讚賞，是杜明想把詩寫得更好的理由！所以參加不同的新詩活動，留意前輩詩人，找機會結識他們……

杜明相信甚麼都有捷徑，寫詩也會有速成吧？香港大專院校講師，前輩詩人，他們介紹過的詩集他都搜尋來讀。

「我會把好的詩句用筆錄下來！」有一次在詩作坊上杜明說。

「要讀好詩，別浪費時間。」另一出席者也發言。

「操練很重要。單看不寫不會進步！」你一言我一語，總是不得要領。在這樓上書店小小一角，慣常的小眾詩聚；一個皮膚黝黑，架着過時的粗邊黑框眼鏡老頭，衣衫不整，臉上刺着鬚根，孤單地坐在沒人注目的角落。

杜明認出他是封筆三十年的白雲，一本舊雜誌見過這張年青的臉孔，不會認錯！他悄悄地從前排小圈退了下來。靜靜坐到老人身邊，彷彿發現了寶藏，生怕觸動旁人。待了會兒低聲問：「老師，怎樣才寫得好詩啊？」

「詩求道，先修身。」老者目光仍是直直地望着前方。「這裏有個地址，有空來找我吧！」

老者把一張小字條交給他就走了，那是從報紙撕下來的紙片，杜明掐在手裏直冒汗，此人果真是白雲！他只是不明白，寫得那麼好的詩，為甚麼要閉關呢？

詩館

去探望白雲之前，你做足了資料搜集，可惜所知的仍然是有限，只知他沒有受過高等教育，命途多舛，遇過三段悲歌的愛情，最後皈依寫詩。

山不在高，有仙則靈。當日接過那老人交給你的小角報紙，打開來看那份錯愕，至今仍未能平復，怎麼會在舊區的工廠大廈？

還有會晤時間，逢星期二、五，朝十晚八。沒有電話或電郵，不用與外界接軌的詩人……

同輩中沒有人知道誰是白雲，網絡裏找不到他的詩作，他不屬於這世代，激賞他的幾個老詩人已經作古，只能在報館存檔裏找到十首八首懷疑是他的詩文，當年他化名也多，找到的確是佳作，但風格變異、取材繁豐，很難證明是出自同一人手筆。

「別浪費時間啦！……」你最要好的一個詩友忍不住說。他覺得寫詩有追求是對的，但最重要是前瞻性，「詩人必須有自己獨特風格，尋求突破，才是我們這代詩人的責任！」

你相信詩沒有根，就沒有生命；總覺得後現代主義的理論有些彆扭。

香港的輕工業年代已經過去，工廠大廈再見不到紋身送貨工人爭着使用升降機的盛況。

上到十六樓，你終於找到白雲那單位，外面一塊破舊的箱頭板，用黑墨蘸着「詩館」二字。

你在門邊按下鐘，裏面一把沙啞的聲音應出來，「進來……門沒有上鎖。」你推門進去，這個細小單位只得一張大書桌，餘下空間堆滿傢俬雜物。兩邊貼牆幾隻長書架胡亂塞滿了書，部分書本歪三倒四地掉在地上。

你坐到白雲跟前，從牛皮紙袋裏取出一疊詩稿，有些是已發表的剪報。他端在手裏，銳利的目光自眼鏡框沿射了出來，他看了幾張說：「寫得好你不會來找我啦！」

你慚愧地揩了把汗，「前輩，有甚麼可以改進的麼？」

「別問我怎樣才寫到好詩，首先，要做好一個人。」白雲沉着臉說，回去吧！有一天把人做好了，再回來找我！

詩館一向少訪客，白雲從櫃裏取出瓶茅台，你不是劉伶，仍陪他喝了，他是個健談的人，天南地北，甚麼都扯到，可是一直就沒有再提到詩。

詩道

沒有人知道我在五百呎工廠大廈等了多久。三年？五年？抑或十年……大廈樓層高，單位細，戶數多。每星期我只耽在這兒兩天，相信連管理員也不會留意到我的存在。

年青時寫專欄、寫雜誌、寫電台……那些日子雖然很短，但對於我這個酷愛文字的人，產生了莫大的衝擊。

猶記得那段放蕩不羈的青葱歲月，生活在不能預知的明天，雖然帶着小小的憂傷，生命中也算找到方向，但為了生活，我最後還是放棄寫作，棄筆從商。投身印刷行，算不上甚麼犧牲，一幹就是四十年，只為求生；我把全部時間投進工作。

「創業初期，一定遇到不少挫敗，你怎樣面對？」在一個創業大賞的頒獎禮後，曾有記者問。

「那種經歷有如走在沙漠，食水耗盡，有人用直升機把你吊上百尺高空，讓你望向無涯四野。然後重新把你放回地面，那種絕望，任誰都會放棄，但我沒有別的選擇，只能往前走下去！」

這段時間裏，不寫不讀三十年，偶有朋友及客戶知我曾經賣文便問：「為了生意，放棄寫作，你有沒有覺得遺憾？」

怎麼說呢？也許是那份堅持讓我捱至今日，經過十幾年的努力，終於由一間幾百呎的小店發展成十年前的三萬餘呎中小企，子女有成，跟着你創業的工人也絡續退休。

有一天你忽然在想：人活着，到底為甚麼？

每日都有做不完的工作，人老了，關係多了，有還不完的債，日子開始倒數，或者我真的要坐下來想想，不能甚麼都要，只能選一些去完成！

搬進了這小單位，每天都在等，幾年來，沒有數算過等到幾多人回來。

從這兩天開始計算，杜明離開已經二年零十個月了，如果他回來，應該是時候了，要不他就永遠不會出現。重回的時間有長有短，經驗告訴我，我的估量不會失準。

這天黃昏，門鈴忽然響起來，果然是杜明！他只記住一句話，做好一個人就回來。

「老師！」杜明推門進來，禁不住的喜悅，「我拿了支上好的茅台。三年過得好快啊！」

兩師徒三年沒見，當然有說不完的話，杜明告訴我去年他參加了台灣聯合出版社的「桂冠詩人獎」得了個新人金獎，跟着拿得獎詩作給我看。

我忍不住都要問他：「除此，最近有新作發表嗎？」

「老師，詩寫不寫已不重要了，發表隨緣啦！」

這晚兩師徒秉燭敘舊至深宵，像三年前一樣，一邊喝茅台，一邊談笑風生，最奇怪的就是言不及義，卻沒有半句涉及詩的內容！

他為甚麼不再寫詩？

年輕時他寫過很多詩，不知為甚麼停了。

那個女孩買了兩張音樂廳的入場券，把他帶進古典音樂的世界。她低低垂下了頭，怯懦的凝睇撫着他濕冷的手，取出紙巾給他抹去掌心的汗水。在那無聲的段落，細心地為他抹了又抹，一邊聆聽他心裏淌下的淚滴，一邊軟軟地看着他的淒苦；他從沒那麼被愛過……

另一個在雨中要他伴着的女孩，說要與他走在一生一世的長夜。欲在他的夢裏埋下一把長長黑髮的玲瓏，他的臉像微風靠入了她溫柔的脖子，可是一臉嫵媚的銀夜，怎也照不進他白卑的窗扉。

最後離去的女孩，每天給他寄上一封信，信裏儘是數不完的一個個祝福和希望……

「我不會等你等到唸完醫。」然後她死於自己的絕症。把夜賣給海洋罷……微光啊，我終於看見你的缺口！即使他能付出整個花城的代價，也換不回春季的鳥鳴。

聽音樂的女孩走了以後，他又回復獨奏的弦琴。不知為甚麼走着，才發現自己獨自在雨中……把夜賣了給海洋，他就真的沒有再寫詩了。

後記：很多人以為這是賣詩老人年輕的故事。的確，那是幾十年前的事了；不過……上面記述的，都是一些零碎的過去，有人說是來自日記，但更多人相信那是臆造出來的謊話！

送走的人又再回來了

沒有人想過，四十年後，送走的人又再回來了。

這個善變的城市，沒有人記起它原來的面貌。公園的周邊，很多建築物已拆建，但園內那棵鳳凰木還在，長得茂密，她記得年輕時有人帶她到過樹下。那是暮春三月，涼涼的空氣吻着微濕的皮膚，鳳凰木還未花開的時節。

現在重臨舊地，已是滿頭蒼蒼白髮，以前的舊事，一幕又一幕在腦海翻起。

離得老遠，鳳凰樹下，已望見蹲在地上的老人，可就是昔日的年輕詩人？把他帶進音樂廳的少女，分手不久，嫁了給賣行貨油畫的商人，移民美國，婚後育了一女，沒多久卻傳出了離婚的消息。

曾經與他走在雨中的浪漫女孩，今天會是甚麼樣子？怕誰都逃不過歲月的蒼涼吧！現在有個怎樣的家？兒孫滿堂？……

聽人說，老人十年如一日，每天來到鳳凰樹下，擺賣他寫的詩。

在地上紛陳的詩稿中，她看見此作品：

〈離別〉
這雨後的禽鳴
碎落北窗
雲煙往事
化成一山的綠

得了絕症要離開他的女孩也奇蹟地醫好了，有人說她病癒後去環遊世界，不知停在哪裏……眼前回來的老婦，會是年輕時三個少女中哪一位？這秘密連賣詩老人也無從得知，因為他患上了腦退化症。

黃昏來時老人彳亍而去，帶着唏噓……聽到路人甲對路人乙說：「這賣詩的老人真可憐，每天到這裏擺賣；只記得回家的路，這一生的事物都完全忘記了。」

確實如此。前塵往事，在他腦海裏是一片空白，剛才木然望着陌生的老婦，心裏是既熟悉又迷惘；她是誰？相信這將會是永存於世的秘密了。

生死篇

在科技宰制人類的年代，
婚姻、生育、存活……
連養寵物也都備受限制。
而偏偏有激烈索愛的蝴蝶，
有縱身投向焰火的男子。
生、死，編出跨越時空的愛恨。

畫皮 (ref. 17)

為了減少碳排放，自從E130年（耶穌出生二千五百年）起，已實施全面禁養寵物。組織可以提供水能電子貓狗，按需要申領不同級別。

你要了一隻P14類的黑貓，還加了部分自設功能。

你屬於BM746組電腦管轄，兩年前被中央電腦編排到這區，沒有驚喜，算不上有甚麼壓力……

對於你來說，每星期組織配給的四罐氧氣夠用有餘。你不是一個喜歡思考的人，雖然思考用的能量遠低於運動。你仍願把部分氧氣留作散步時用，無他，懶於用腦。

「3308、3342、4353……請到24B備用資料庫，聽候指令。」一把冷冷的聲音，自掛在工作間上空的揚聲器傳來。韋柏不喜歡那把沒有生命的聲音，更不喜歡別人喊他的編號。

你的編號3342，韋柏4353，開工期間要互稱編號。離開工作間你們都叫名字。編號一出世就跟着你，沒有人可以改。

你沒有那種落後的思想，一定要有個家。要解決性需要的時候，現在已經有多種不同方法；甚至要求與一些死去的人發生關係，中央龐大的資料庫存定必滿足到不同人的需求。只要兩塊小膠布，加兩條幼小電綫，把頭上左右的太陽穴與電腦接上，就可以超越時空，與死去的人交合。你是程式設計師，當然知道那只是幻象，每個人生前都被電腦攝取了言行舉止，外貌性格，資料儲存愈多，愈能重塑和虛擬死去的人。

「真受不了這傢伙，水鬼升城隍！」韋柏叨咕幾句。

「算啦！」你在櫃子裏取出一塊儲滿龐大數據的資料板插在卡座上。

BM746組管轄的人口有十六萬，韋柏是鄰居，又在同一單位工作，聽命於共同的電腦組件。BM746組發展至今已相當成熟，既有人類的嫵媚感性，亦具超凡的邏輯理性，它不是一隻鬼，要說，應是充滿人性，風趣幽默的領袖；但態度嚴謹——電腦的一貫特色。

可惜的是，它沒有生老病死，亦不解溫柔；因為它只是一具披着畫皮的超級電腦！

(ref. 17)〈畫皮〉乃清代小說家蒲松齡著《聊齋誌異》的其中一個故事，內容描述鬼怪用畫成美女的人皮披在身上騙人害命，比喻掩蓋醜惡實質的美麗外表。文末有警世語：「愚哉世人！明明妖也，而以為美。迷哉愚人！明明忠也，而以為妄。」

來源：(ref. 17) wikiwand.com

蟬衣

那晚韋柏獨個兒看了一場真實電影，比起十年前的超能3D，以官能感受作比較，相差確實太遠。簡單地解釋，真實電影是把觀眾變作一個透明人放進戲裏三小時，自由走動而沒人察覺，可跟着劇情穿越時空。

江南也是在BM746組，幹的是補充能源。與所有工作一樣，完成後都會領取到應得的報酬。他的要求很低，就是快樂。他很懂計算，甚至BM746都認為他比電腦計算得還要精準。

快樂來源複雜，但不外二類：官能上的與精神上的。江南不會執迷某方，很視乎有沒有特價，因為他是個精於計算的人。

「江南！明天見。」一個與他共事四年的伙子跟他說。放工後各自回家，走的卻是相反方向。

「嗯……」慣常一樣，江南簡單地作了個回應。踱步走向公民輸送區，乘坐這類無人駕駛交通工具，簡單可靠。

江南努力工作得來的回報，大部分都是拿去換取快樂。他要的是簡單直接的那種，不願多花一分半毫於過程上。他覺得追求過程是不必要的浪費。很多人說這樣得來的快樂沒情趣，他沒有這想法；情趣可不能當飯吃啊……

那晚他沒有回家，卻去了這區的電影院。

在電影院韋柏看見江南拍上支付卡，跌跌撞撞跑進影院，從上衣的裏袋拿出一個小包，抖開了是一件薄薄的蟬衣(ref. 18)，穿上身透明亮麗，好不光彩！

電影把他們拉回一九四二年的桂林，劇中一個被惡霸迫婚的少女，慌張地從樹林跑出來，衣衫不整……她看見了江南！力竭聲嘶(ref. 19)。

「江南，救我！」一對刧後重逢的年輕愛侶，趨前緊抱，激動得滿臉披淚，但很快便見到浪髮在風中飄落，微光照着皺紋爬上美麗的臉龐，肌肉萎縮，牙齒脫落……瞬間成為一堆灰燼。衣衫化塵，風吹來時，飛滿了天空。

(ref. 18)蟬衣又名蟬蛻，有藥用價值。周期蟬是北美一類蟬的屬名，出現於距今一百八十萬年前，一生絕大多數時間在地下度過，靠吸食樹根的汁液生存。在地下生活十三年或十七年後，破土而出，在四至六周內羽化、交配、產卵、死亡，卵孵化後成蟬，進入下一個生命周期。

(ref. 19)香港淪陷期間，中國共產黨於1942年決定派遣東江縱隊到港，展開營救行動，把何香凝、鄒韜奮、茅盾、夏衍、梁漱溟等數百名文化人士轉移到桂林、重慶、蘇北等地。歷史學家劉蜀永感嘆：「無數無名英雄排除土匪的干擾，闖過日軍的哨卡，歷經千難萬險完成了這一歷史壯舉。先後救出的民主人士、文化人士、知識青年及其家屬約八百人，沒有一人被日軍截獲。」獲救者不乏國畫、國學大師，如何香凝是嶺南畫派大師，擅繪梅花、松樹、獅虎。

來源：(ref. 18) commons.wikimedia.org

BM746組說得對，江南是一個計算準確的人；他知道所有電腦都會有盲點，在BM746來說那件薄薄的蟬衣是一襲透明的屏障，可以把光束折射，改變方向，輕易逃過窺視。自從人類被電腦統治以後，自殺是非法行為，但怎也料不到，江南穿上蟬衣，避過了電腦的監管，還懂得利用電影的一個環節，巧妙地把自己代進了劇情裏死去……

化蝶

江南死了！

電影院昨晚失火，沒有人相信那是意外……

你是電腦工程師，當然會編寫程式，四年半前有個叫江南的人來找你，提出一個令你驚異的要求！

他告訴你他不是E年代的人，這樣說來他不是年過三百歲？這人身材魁梧，穿着一件用料上乘的外衣，高級法蘭西絨，襯上手縫裝飾的明綫滾邊，綫條簡約，一看便知造價不菲，絕不低於一套名牌西服。皮鞋光亮柔潤，手上一隻精工鏤花腕錶，全身打扮，渾為一體。最妙就是上衣那條口袋小巾，暗紅色繡着一隻金花蝴蝶，平淡中滲出品味，單從外表看，絕不過四十歲。

江南要你為他寫一個程式，讓他可以回到一九四二年，電腦可以做到虛擬時空，便是今天的真實電影。但真正穿越時空，你是聽過，卻從未見過。

「那要做資料搜集，回到E年代前的一九四二年，我們沒有那方面的歷史。」你解釋給江南聽。他微笑點頭，好像早就料到。

「這是當年的官方文獻，還有一些地理和歷史書籍。」江南自背囊取出一疊發黃的紙張和厚厚的舊書，還有些地政規劃藍圖，「寫一個回到過去的程式，需要時間、地點、空間的元素作三維定位方可進行，這裏的資料相信可以幫得上忙。」

你小心翼翼地翻着那疊紙，實在太珍貴了！E年代之後，為了管治容易，人類已經沒有了歷史的記錄。

跟着下來便是要決定怎樣可以在BM746前隱身……江南有一友人是電機工程師，以人造纖維織成薄紗，鍍上稀薄的石墨(ref. 20)，製成一襲透明的蟬衣，以組織廢棄的智能電眼反覆測試……

江南的死訊BM746當然極力隱瞞，但消息愈封鎖，流言傳得愈快。

你想起四年半前，第一次與江南會晤仍歷歷在目。那次之後，江南所有收入都交了給你和友人，還有他一生的積蓄，只為了換取研發蟬衣，讓他可以自由地爭取死亡！他曾經告訴你，選擇甚麼時候死去，自己掌控生命，即使花掉畢生所有，也是值得。能夠親自結束生命，這才是最大的樂事！

大火熄滅之後，他們發現一具嚴重燒焦的屍體，衣衫化燼，但很奇怪伏在胸口的一隻金花蝴蝶卻依舊金光閃閃！(ref. 21)

今天他安詳地閉上眼睛，因為他終於找到了真正的快樂……

(ref. 20) 石墨（Graphite），又稱黑鉛（Black Lead），是碳的一種同素異形體。作為最軟的礦物之一，石墨不透明且觸感油膩，顏色由鐵黑到鋼鐵灰不等，形狀可呈晶體狀、薄片狀、鱗狀、條紋狀、層狀體，或散佈在變質岩之中。化學性質不活潑，具有耐腐蝕性。

(ref. 21) 《莊子·齊物論》：「昔者莊周夢為蝴蝶，栩栩然蝴蝶也。自喻適志與！不知周也。俄然覺，則蘧蘧然周也。不知周之夢為蝴蝶與？蝴蝶之夢為周與？周與蝴蝶則必有分矣。此之謂物化。」

來源：(ref. 19) wikipedia.org　(ref. 20) wikiwand.com

求生 (ref. 22)

我是BM746組管轄的物資供應主任，他們叫我翠兒。由於資質與學歷，我只是個普通的中級文員，每日工作六小時，朝十晚四，過着刻板式的生活。沒有甚麼期待，工作換來的希望是有個幸福的將來，這個年代，誰都不會有甚麼短缺，食物供應充裕。

作為一個女性，最大的幸福是被愛。BM746不明白甚麼是愛，電腦中樞為着了解人類，曾經植入複雜的感情並作出一系列謹密的解構，再加上醫學、心理、文學、哲學、音樂……多方面有關專家的分析，搜集後加以細密運算，多次出現一個奇怪的蹟象，就是無論用上多大的存儲器(Ram)也不夠，總是讀出錯誤的結論。

「簡單的解釋，」威廉博士說，他是當今最權威的腦科專家，「人類的感情，不是邏輯可以解釋。」

「邏輯不可以解釋？那是甚麼？」BM746大惑不解，既然沒有邏輯，又怎樣確立問題？問題既不成立，那……

BM746是用數學做基礎的電腦，只能以計算去解決問題。它的運算速率高達600PFLOPS的16次方，博士不知怎樣向BM746解釋，這是電腦永遠都不會理解的事實。

我不是被研究的對象，電腦不明白人類的地方還多着，其實人類對自己的理解也很有限。

「我不能愛你！」最終迫使到江南對我剖白，那是一個晴天霹靂的晚上。

「最少……你可以讓我懷孕。」我羞澀地把頭貼得有多低便多低，束着的短髮，遮掩不住臉龐發燙。

那夜星寒，翠兒藍調地泣訴輕輕……

他當然沒有理會我，還是開門逕自走了，一直沒有再回頭。愛不是一種施捨，我深深知道乞憐也沒有用，感情就是那麼微妙，不是沒人愛我，只是我愛的人不愛我。

離開江南後，翠兒拒絕過太空飛行員、教師、健身教練……最後接受了一個公車維修技工，BM746不會容許人類結婚生子，其實E世代前已廢除了一夫一妻的婚姻制度。

揀選過的卵子和精子結合，會得到最佳的配對，完全配合優生學的原則。通過自由性交懷孕是不合法的行為，基於人權問題，BM746一直隻眼開隻眼閉，因為那也不是甚麼天大罪行，像超速駕駛扣分差不多，罰款了事，我是少數這樣做的人，相信是遺傳基因令我有做妻子和母親的渴念。

這個世代，人人追求完美。真真想不到，像我如斯普通的一個人，除了對愛追夢，還會有這種求生的本能。

(ref. 22) 取自電子遊戲《求生之路》，是一款以恐怖喪屍為主題的射擊遊戲，以第一人稱尋找求生之路，由維爾福軟件公司旗下的Turtle Rock工作室製作。

來源：(ref. 21) wap.gamersky.com

有計劃生育可以保障到地球的生態，如果不是因為臭氧層破洞巨變，人類還不醒覺，人口過剩引申而來的問題，例如糧食增產，食水污染，過度製造物資，碳排放大增，戰爭間接直接亦由此而來。

那次臭氧層帶來的危機，如果不是中央電腦爭取到有計劃地發展超級智能電腦，單靠人類的努力，可能我們已經不能共存到今天。經過多年的搶救，臭氧層的修補只剩6%，距離完全修復指日可待。

超級智能電腦出現，無疑是挽救了地球，但人類自主權亦慢慢受到侵蝕，終於發展至今日，電腦已完全掌控了地球的管治。

超級電腦成功地用了一百年把全球人口從一百五十億減至現在的一百二十億，生活優質指數提升了35%。

超級電腦知道人類的存在是為了完成「制度」。在整個系統裏，有了制度才需要管理。人類比電腦出現早上二百萬年（從猿人的人屬類起計），沒有超級電腦之前，他們一直不識妥善梳理秩序，最荒謬的地方，除了天災，人禍成為了最大的敵患。

「我想要一份出生證明書。」一個面貌娟好的少女來到人口檔案普存署，她的編號

9366，在物資供應部門任職，有良好工作表現紀錄。

「請你填好這份申請表格，放入2號收集箱。」機械人遞了份表格給她。現在很多工作，已經由智能機械人代勞，看來再過十年，人類的標準工時又會減少。

少女把填好的表格投進2號箱子後，9366的報告即時已在BM746搜尋器找到有關她的一切。她名字叫翠兒，二十三歲，是真空管裏的一隻蟲子所衍生。(ref. 23) 當然，BM746打印出來的報表略去這一段落……因為無必要告訴她這是一個錯誤的出生。翠兒的誕生非比尋常，雖然不是畸胎，BM746讓她出生實屬出人意表；不為甚麼，畢竟它仍然是尊重生命！

後記：翠兒自從知道懷孕以後，就很想尋根。她走去人口檔案普存署查察，希望瞭解自己多一點，結果不得要領，找不到她想要的東西，甚至連自己是怎樣出生也欠奉，相反地那個公車維修員的資料卻多一點。

現代醫學進步，從驗孕開始，翠兒已知道腹中胎兒是個女孩；雖然不知道自己為甚麼來到這世界上，卻希望生命得以延續。

生男或生女沒關係，她忽然覺得懷着女兒那種感覺很親切，不再獨行，大家可以一起呼吸，流着同一溫度的血液。來到這世界是個恩典，從有光、有空氣、有水開始……

(ref. 23) Bug：格蕾絲·赫柏，是一位美國海軍電腦專家。1945年的一天，技術人員正在進行工作時，巨大電腦突然停止運作。於是技術人員爬上去找原因，發現這台電腦內部一支真空管的觸點間有一隻飛蛾，被高電壓擊死。自此用「Bug」來表示在電腦程式裏的錯誤，「Bug」這個說法便一直沿用到今天。

來源：(ref. 22) read01.com

度牒

江南知道那次光影與時間錯誤相交，才導致距離失誤，影響深遠，果然四百年後……

不該出現而紛至沓來，不是緣，卻是債！

眼前的少女只是個幻象，她說要嫁給他，和他結婚生子。那是因為江南掉進了她的夢，他在她的夢裏與她相遇，自此就再也走不出來。

「我等了你四十年！」翠兒咻咻地說，眼睛帶着無奈的憂傷。

「……」江南頹敗地垂下頭，他不敢蹚上那目光，她眼眶裏含着的不是淚，汪汪地淌着隱痛。

不問因由的緣起……微風飄過，往事雲煙依稀，交疊着幕幕回憶。

柴可夫斯基的降b小調鋼琴協奏曲響起。漲潮引發的浪花飛騰。一陣驟雨降落梯田的早稻。逆流而上的鮭魚歡呼。正好是一隻纖纖蜂鳥飛過……

「告訴我，我身在何方?」翠兒迷惑地往前呆望，一臉茫然。

「你只是追一個夢……」

每個人都有個來歷，沒有人知道江南何時出生?連BM746也沒有他的記錄，只知道他的身份是個僧侶，在他身上懷着一張唐朝的度牒(ref. 24)。

翠兒的編號是9366，相對一百二十億人口，有一千二百萬個9366，用四位數字互動，只為方便溝通。其實每個人背後還有十二個符號，這樣電腦中樞就可以識別每個人。

走過初夏明媚柳影的飄動，遲來的杏花吹滿頭，染亮了小亭與階紅，還有遍地點點滴滴的落英，滿樹的蟬，叫醒陽光中睡着的蓮。

要回來找你的人，始終都會來……

「我不屬於這世代，每一個蝶蛹都有一個夢。」江南待了一會兒說：「何況你已重生！」

「那是你欠我的！」翠兒不管前世今生，只問此刻。

人類自從計劃生育之後，就再沒有姓氏。電腦配對，不會讓人類知道精子和卵子的來源，男女都可以選擇懷孕，當然最多人揀選的是電腦培育。

一個新的生命誕生，他（她）會有新的編號，就像度牒的延續，在這新世界出生的人，人人平等。這是人類渴求已久的日子，不存在誰剝削誰，所有人都由BM746管治，沒有一人一票的民主選舉，沒有君王帝制的獨裁。可最荒謬的是，今天享有的一切，並不是以甚麼轟轟烈烈的革命爭奪得來，而是由披着畫皮的超級電腦所賜。

可以這樣說：跌進翠兒的夢境是個意外，江南知道，她可以睡上萬年。

除了死去！他沒有其他的選擇。

(ref. 24) 度牒起源於北魏。唐天寶六年，詔令天下僧尼須經由尚書省祠部出具「祠部牒」的度牒以為證明。出家僧尼須領取度牒後，方可受戒，受戒後再領取戒牒，此皆由官方頒發。

後記：兩天後，電影院有人傳來，説江南的身體被大火燒至 70% 焦黑，屍體上伏着一隻金花蝴蝶，往他身上一掏，找到了一個薄薄的防火信封，打開來看，裏面是一張完整無缺的度牒。

那晚觀眾甚多。電影中段的時候有人見到觀眾席間忽然爆起熊熊烈火，奇怪的是只燒死江南一人。

BM746 翻查錄影帶的時候，發現在影院不為人知的角落有一女子，雖然影院發生失火燒人事件，她仍然悄悄熟睡。

此人誰也不是，正是翠兒。

來源：(ref. 23) kknews.cc

滄浪·浮生

香港、加拿大、美國，
流徙的人在地圖上能不能找著自己？
今天應該更高興，是嗎？
抑或是，
在一曲輕歌裏，
回憶與淚水一同閃現？

「走慣迢遙征途的，當知馬兒是最親密的伴侶」，使人想起查爾斯·科瓦奇（Charles Kovacs, 1907-2001）的說法：「長久以來，馬都是人類的好幫手及朋友……讓人難以想像馬曾經也是野生動物。」

湯觀山　　攝

遷徙

匹茲堡(ref. 25) 的冬天特別長，由十一月到翌年的二三月，這段時間每天都白雪紛飛。在溫哥華第一次看到降雪，開心得在屋前狂奔，也許每個父母都一樣，把最好的給子女，九〇年是香港移民高峯期，爸帶着我們一家四口，遷了去溫哥華。那年的初冬，飛機傍晚抵溫，爸的一班好友接機，三架車子幫忙搬這搬那，大大小小十幾個皮箱。

今天應該很高興
今天應該很溫暖
只要願幻想彼此仍在面前
我獨自望舊照片追憶起往年
我默默又再寫彷彿相見

收音機傳來了達明一派的娓娓歌聲，聽了心裏就酸起來。

打從爸爸決定移民之後，親戚朋友，不同的組別便安排吃飯餞別。我青少年的日子亦開始流徙……

三年後，在溫哥華完成了十二班，爸說美國的大學好，雖然多倫多大學收了我，最後還是把我送了去匹茲堡的卡奈爾美隆大學。

我住的地方是個小鎮，透過地產經紀租了個四百呎的小單位，那是間六層高的建築物，一梯六伙，樓齡怕有五十年以上，地上鋪上長長的橡木，走在上面吱吱地叫。這幢舊樓，大部分都是小單位，很適合作留學生宿舍，我住二樓，有一片望街的窗，夏天可以看見綠油油的楓樹。

我第一次見到威廉夫婦，老婦人正悉心地照顧寶貝貓兒；她看見我，用微笑打了個招呼……

「你好！」我禮貌地回了她一句簡單的問候，旁邊的經紀也輕輕地點了下頭。

(ref. 25) 匹茲堡曾是美國著名的鋼鐵工業城市，有「世界鋼都」之稱。但1980年代後，隨中國鋼鐵產量上升，匹茲堡的鋼鐵業務已經淡出，現已轉型為以醫療、金融及高科技工業為主之都市。市內最大企業為匹茲堡大學醫學中心，並為全美第六大銀行匹茲堡國家銀行所在地。

由於經濟發展堪為典範，於2009年獲選主辦世界二十國集團（G-20）高峰會。匹茲堡交通便利，公路、鐵路和水上運輸發達，匹茲堡國際機場位於該市西部，為美國東部著名的大型機場，有18家航空公司聚集此地。匹茲堡大學和卡奈爾美隆大學是美國著名的高等學府。

來源：(ref. 24) ifuun.com

我們住在同一樓層，夫婦倆收養了幾隻流浪貓，叫牠們不要再過流徙的日子。

下雪的冬天灰濛濛，街上人跡稀少。這區算是老區，人口不多，聖誕已過，對面屋子悄然若昔，一切回復假期後的寂寞。窗內未及拆去的燈飾依舊，正規律地閃亮。節日的客人，誰也留不住，只剩下曲終人散的寥落。

「媽，我回到宿舍啦……」每次從溫哥華回匹茲堡，必打電話報平安，爸媽擔心我出外會有甚麼意外。

「返學記得多穿衣，這裏早晚溫差大，不像香港。」

「哦！」掛上電話，繼續執拾衣物，在家的時候甚麼都有媽打點，我是個不善處理家務的人。

後來知道那對老夫婦，男的是個哲學教授，經常在黃昏緩跑，老婦是護士，退休前他們已在此定居。想不到放假回來，男的終於走了；他患癌多年，一直跟病魔搏鬥。

那天早上，返學時在公寓的大堂遇上威廉太太，她問我週末有沒有約？

「有點事想你陪我一趟。」她望着我眼神掛着的問號，跟着說：

「過兩天，我想把他的骨灰撒到校園裏去。」手裏捧着個瓶子。雪白如玉。

在香港的時候，嫲嫲常說，人一出世，就朝那方向走，最後都是歸於塵土，誰也不會例外。有人遷走，才有人遷進來……

週末小雪，與威廉太太把骨灰撒往園子的花圃。

大學距離我們的栢文樓很近，步行不消十五分鐘便回到屋子，正是夕陽斜照，晚來寒意侵人，我相信生命中即使遇到波折，逆境中必有驚喜，幾隻貓兒蜷伏在她腳下；威廉熟悉的身影流過回憶……往事如透明的輕煙，無風地飄過窗前，此刻我又想起他生前最愛聽Simon and Garfunkel的Scarborough Fair，裏面有這樣的歌詞：

Are you going to Scarborough Fair?
Parsley, sage, rosemary and thyme
Remember me to one who lives there
she once was a true love of mine.

冬日暖暖的陽光，綴落她花白的髮絲。

人生有幾多個驛站，站上會遇到甚麼過客？

她拿出一把發黃的牛骨小梳，細細地把玩，淡淡的側影，夠不上那梳子讓我吃驚

……

活着只是寄塵於世，無論有多風光，都會成為過去。

風雨飄搖的日子中，明天誰將在我身邊路過？而我的下一站，又會遷徙到哪裏？

二〇一五年八月二十三日

最怕的，是心也流浪無依。
茶馬古道上一次偶然相遇，
命運卻注定分岔，
踏上這條路，
想要回望，
談何容易？

茶馬古道 (ref. 26)

晨光漸露，遠山迷濛。微涼的露水沾濕了衣衫，昨宵薄薄的蟲鳴，散落隨意的山徑。這條古道，像一段失去的記憶，在此歷史悠悠長河，甚麼都可能發生。

「過了這棧道，前面是個峽谷，日落前應該可趕上投店。」領隊的叫扎西噶瑪。皮膚黝黑，額上皺紋帶點蒼涼，細訴着走過的風霜歲月。

「這兩天會下雨嗎？」遇上雨季，泥濘路不好走。年輕的齊非有一句沒一句地搭上口。

這隊三十幾人的馬幫，帶的是藥材、鹽和布匹，還有些瓷器香料。

「喝一口吧！小哥。」扎西噶瑪從腰間掏出個破舊皮囊，仰起頭咕嘟喝了兩口，然後遞給齊非：「上好的高粱！」

出發前娘給他執拾衣物，每次都是那麼細心，點算着一生一世的關懷，怕撿漏了甚麼。暗暗的油燈照着滿頭霜雪，她晃動的身影貼在震顫的牆上，甚麼都沒說。那張臉無論變得多蒼老，在他眼裏還是澄明如鏡，而她，也該清清楚楚數見他每根髮絲，瞭解他的需要。

今次的旅程是麗江、中甸，再進入西藏，沒有人可以預知明日的天氣，踏上這段征途之後就預了風吹雨打。

這幾天走過的地方根本不算是路，拖着馬兒，走在烈日的荒野，午後大夥兒找來一處太陽照不到的地方歇下，吃了些乾糧又繼續上路，黃昏近時，終於行至山峽底部，谷下是淙淙的溪流。

我住長江頭，君住長江尾
日日思君不見君，共飲長江水
此水幾時休，此恨何時已
只願君心似我心，定不負相思意

(ref. 26) 「茶馬古道」是中國在航運普及前，另一個連接亞歐各國的運輸網絡。在歷史上它的地位並不亞於「絲綢之路」。
「茶馬古道」之所以得其名，是因其貿易的標誌式商品是茶葉和馬匹（另還有藥材、鹽、布匹和毛皮等，以騾馬為主要運輸方式）。
歷史學家把「茶馬古道」的起源追溯至唐代，當時茶葉由雲南運到北京、西藏和其他東南亞國家。到了宋代和明代，「茶馬古道」日漸興盛，直到清代仍是普洱茶和其他商品的主要商道。
「茶馬古道」並不是一條「路」，而是一個從雲南普洱縣向外伸展的運輸網絡。

來源：(ref. 25) hunan.gov.cn

四野無聲中只聞流水，忽然有人唱起歌來，那是李之儀的《我住長江頭》。歌聲帶點蒼涼，在谷底廻旋着裊裊餘音。從低處仰望，兩旁高矗的崖壁，把天空劈開道亮光的夾縫，鋒利得甚麼植物都生長不下，一抹斜陽殘照在峭壁頂端，正好幾隻飛鷹，盤旋在高高的雲霄。

「回去的時候，帶些布疋給娘，她喜歡扎染花布。」齊非喃喃自語。

扎西噶瑪所言不差，過了這幽暗山峽，前面竟展開一片闊大的景象，山坡下望是條小橋流水的美麗村莊，那時正是炊煙近晚的時分。

「嗨……」扎西噶瑪吆喝着馬隊，揮鞭向村莊進發，其他隊員很有默契地牽着自家馬兒，默默地跟上。

走慣迢遙征途的，當知馬兒是最親密的伴侶，輕輕拍着汗濕頸背，牠以脖子報以友善擺動，張了張鼻孔，大大地呼出了口氣，在兩眼相交中互訴着旅途的艱辛……

投店那日的黃昏，齊非掛馬樹下。

……往事如透明輕煙飄過，那種既陌生又似曾相識的感覺，究竟是多少年前的邂逅？

啊！從旅店出來領房的姑娘，那憂傷眼眸讓人驀然想起了一段遺忘的記憶。

那夜星光燦爛，他的夢沒有牽念。風送弦琴，美麗的樂韻不能把異鄉人繫住。

「我哪裏見過你？」她痴痴凝望，心裏叫了出來。

我呢？又在哪裏遇過妳，一百萬年前？

夢裏看見藍色的湖，那濯足的姑娘在沉思甚麼？清清湖水，照亮青春的面容，風再起時，杏花飄香。

活着只是寄塵於世，無論有多風光，都會成為過去。

明天誰將在我身邊路過，而我的下一站，又會遷徙到哪裏呢？

齊非把玩着發黃了的牛骨小梳子，她曾以它梳理長髮，怕已是四十年前的往事吧……

那夜，齊非把她的名字喚了下來：

「金棠啊……金棠！……」

兩年後聽說那隊茶商又路經中甸，柳飛依舊，可是再也找不到那條村落了。

二〇一五年十二月二十一日

香格里拉，
眾人嚮往的名字。
在看不見終點的時間，
等候未能重回此地的人。
無窮的歲月，
只延展無盡的遺憾。

香格里拉 (ref. 27)

這裏是一個沒有時間的地方，生活在此的每個人都知道，可是從來就沒人提及這事。

在這與世隔絕的村落，昨天就像今天一樣，不能預知，但有一點可以肯定，就是每天都可無憂無慮地過活。

那個叫金棠的少女，看上去十六、七歲吧！長得清秀脫俗，小巧的咀巴，永遠掛着微笑，嘴角兩旁是淺淺的梨渦，一雙眼睛烏黑溜亮，彎彎如月的眉，覆蓋在一把柔情似水的長髮下；輕風吹來，羞澀不經意地流過泛着朝霞的臉龐。

「昨午那場驟雨，來得急，去得快！」一個揹着小孩的村婦在井口打水，跟另一婦人說。

「是啊，晾在園內的衣服全都弄濕了。」

每天早上，東門水井定必聚上大群早起的女人，打水洗衣，閒侃不休，幾個嬉笑的小孩，追追逐逐，天天如是……離井口不遠處，橫臥着一塊大板石，她來曬書，端正地在上面放上一本又一本。

那些不是甚麼珍本，都是近日盛行的詠物、懷人詩詞，美麗而抒情。

歲月沒帶走春天，一個不老的傳說，叫停了時間。

人生有幾多個驛站？站上會遇到甚麼過客？

「十年生死兩茫茫，不思量，自難忘。」齊非拾起一本詞選，唸了起來。

夢裏看見藍色的湖，那濯足的姑娘在沉思甚麼？清清湖水，照亮青春的面容。

「杏花飄香的時候，我將重臨。」四十年後，金棠知道齊非會再來，哪怕他已滿頭白髮，成為又老又瘦的老頭，她仍然痴情如昔。只擔心他忘記回來的路，更怕認不出他，所以離別時送他一把雪白的牛骨梳子，總得留點信物吧……

在時間的長河，彼此要找到一個吻合等待的位置，他們才可以重逢。

「踏上了這條路，就別再回望！」齊非記得當了販商後，不久就有人跟他如此說。

馬幫在入黑前終於找到「悅來」投店，金棠領他們往內庭，她深知長途旅人的需要，安排了各人房間後，立即給他們打水洗臉，又準備酒菜，忙個不休……

(ref. 27) 香格里拉為一個虛構地名，最早出現在1933年英國小説家詹姆斯·希爾頓的小説《消失的地平線》中。這是一個小型村莊，神秘而和諧，位於崑崙山脈，被群山包圍，由一個藏傳佛教僧院統治。在小説中，這個村莊的居民，長生不老，過着快樂的生活。在這部小説出現後，這個名稱被當成是世外桃源與烏托邦的同義詞。

從1922年到1949年，美國植物學家約瑟夫·洛克以雲南省麗江市為基地，考察中國西南地區，透過美國《國家地理》雜誌發表了許多探險日記，對這地區風土人情進行詳細的介紹。這些文章引起了西方世界很大興趣；有人認為希爾頓從洛克的文章中獲得了很多素材。

詹姆斯·希爾頓創造的這個故事，被認為可能源自於西藏香巴拉傳説。

來源：(ref. 26) travel.ettoday.net

老父看着女兒，自己卻留守櫃檯，捋着下頜小鬚微笑。

那晚流星飛過，齊非在行囊裏取出小茴香、茉莉、肉蔻與丁香……只為了答謝金棠給他補釘破爛的白麻布衣，細細密縫下，無針亦無綫，只有羞怯的溫柔，在微薰小油燈影下，晃動了他側影的呼吸。

是誰啊！走過一列列防風林。

牽馬的人從遠方而來，攜着疲累的旅途，那刻凝睇，齊非的身影竟成了發光的幻像，時間流向沉默的雲。

誰去過傳說中的香格里拉？那裏有我的摯愛真情。記得代我問候住在那裏的一個人。

這本來就是兩個世界，我們與他不是異地相隔，是悠悠的歲月啊……老父感觸良深，用凝望的眼睛對金棠說，其實她應知道這是一段錯落的情緣。

「可是為甚麼，我的夢裏會有他啊？」金棠撫着隱隱呼痛的胸口：

「如果不知道我的名字，誰教他找到相遇的位置？」

等到春來秋又去！一次又一次……回憶昨日，已是萬年，彷如無岸的明天。

時間本無源，流過之處亦無痕，人生卻有許多相交點，你我的秩次不同，彼此只是蒼穹上逆向的流星；是否那就是無常？

那麼他朝誰將在我身邊路過？而我的下一站，又會遷徙到哪裏？

難耐夜夜無眠，即使花期已過，歲月悠悠，誰仍堅守？在那沒有時限的年月。

二〇一六年一月十六日

寄出的信，寄托的情；
寄居外地的我，
暫寄身命的蒼茫大地。
如果你到香格里拉，
記得代我問候：
我曾遇到的那個人……

寄情

在匹茲堡完成了工商管理學士學位後，我對父親說，你要我做的，已經做了，現在我要選擇自己想走的路。於是我去了舊金山，即是今日的三藩市(ref. 28)，找了一間不很出名，但實而不華的美術學院。

自小喜歡繪畫，現在再去讀平面設計，年紀已比較大，所以我選修了廣告碩士，那段日子是我最享受的校園生活，美術、潮流、品牌、市場，從大範圍的概念到黃金三角、色彩、字體、造型……再從傳統紙媒到電子媒體等等，要學的東西實在太多了！

我漸漸明白爸為甚麼不想我從事平面設計，因為他幹了一輩子印刷，每天都接觸到設計師，他常對我說這行工時長，回報低；沒見過幾個能畫出彩虹。

爸把他的夢投進文字，我卻愛在色彩裏翱翔。爸說寫稿換錢太慢，印文字快得多，不知是否這樣做了印刷。

「做學問開始時一定要博，到後來就要精！」爸這樣對我說，他把那檔印刷生意當寫詩，我很佩服他那種鍥而不捨的精神。

「告訴你一個美麗的謊話，方舟已在天空起航！」我給爸發出了一個電郵；發甚麼並不重要，知道他不會看，因為他已忘記怎樣打開電郵。

我和爸的關係就是這樣，是那麼遙遠又接近。

在匹茲堡的時候，有首歌是威廉先生最愛聽的，從他們房子裏常傳來西門葛芬高的Scarborough Fair：

Between the salt water and the sea sand,
Then he shall be a true love of mine.

來三藩市不經不覺已經八個月，我履行了承諾；威廉先生一年前拿着疊封了口的信件給我，還有個小盒子。

「我走了以後，請代我每二十天寄出一信。還有這小盒子……」

(ref. 28) 三藩市是北加州與三藩市灣區的商業與文化發展中心，當地住有很多藝術家、作家和演員，在20世紀及21世紀初一直是美國嬉皮文化和近代自由主義、進步主義的中心之一。這個城市同樣以其眾多的互聯網公司而聞名。三藩市也是受歡迎的旅遊目的地，以其涼爽的夏季、多霧、綿延的丘陵地形、混合的建築風格，和金門大橋、纜車、惡魔島監獄及唐人街等景點聞名。此外，三藩市也是五大主要銀行和許多大型公司的總部。

19世紀這裏是美國加州淘金潮的中心地區，早期華工到美國淘金後多居住於此，稱之為「金山」，但直到在澳洲的墨爾本發現金礦後，為了與被稱作「新金山」的墨爾本區別，而改稱這個城市為「舊金山」。

來源：(ref. 27) capital-hk.com

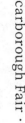

我甚麼都沒有說，只是默默地看着他，人最痛苦不是知道不久人世，是捨不得離開摯愛的人。

「我在護士訓練學校最後一年的時候，去了香格里拉度假。」安娜一邊把骨灰撒在園內一邊跌進甜蜜的回憶：「他是基督徒，去那兒作短宣。沒想到我們卻遇上了。」

「嗯……」

「在一間湖邊小酒吧，認識了威廉，不知為甚麼我們目光一接觸就覺得好像已相交多年。」安娜滔滔不絕地說：「我記得很清楚，那晚在台上的歌手正低唱着Scarborough Fair。」

在香港的時候，嫲嫲常說，人一出世，就朝那方向走，最後都是歸於塵土，誰也不會例外。有人遷走，才有人遷進來……

「那天是九月二十日，對嗎？」我接着說。

「你怎會知道的？她詫異地問。我神秘地笑了笑，沒有答她。

然後我算準了日子，九月十八日，把那小包裹寄出。為確保她收到，還寄了掛號。

威廉先生曾把小盒子打開給我看，裏面是一把發黃的牛骨梳子，算不上精工，只是普普通通的一把梳子。

「短宣的日子過得很快，我返回老家，繼續教學工作，與她話別時互相交換了通訊地址，她把這小梳送了給我作留念。」

想不到這梳子背後有那麼一段情緣，雖然看不到威廉先生給太太的信，相信都是滿載愛意的慰問，他想到離世後她一定很傷心，於是安排了我寄信給她，讓她慢慢接受他離開的事實。不經不覺與他相守四十年了，時間過得真快！

三藩市是個多姿多采的城市，那段日子我做Project，參加派對，在這開放的城市，很容易結交朋友。威廉先生交給我的信亦很快寄完……最後把牛骨梳子也寄出，也就完成了他的托付。我不知道他去了哪兒？或許已進入另一段時間，存在於不為我們所知的空間！

誰去過香格里拉？那裏有我的摯愛真情。夢裏彷彿又見到那藍色的湖，湖水清清，柳飛依舊。

「你會去香格里拉嗎？」安娜忽然閃亮着眼睛說：「若你往那裏去。記得代我問候我曾遇到的一個人。」

二〇一六年二月

四個男人的故事

盼望人月兩圓的公司職員，
在碼頭拉回受傷心靈的教練，
擔杆山的風雨裏勇敢出航的漁民，
還有為父親加衣的科技新星……
一張張熟悉的日常臉孔，
訴說着男性或剛或柔的故事。

1／中秋佳節

中秋節快到，市面熱熱鬧鬧，我忽然想起上世紀父親那年代，很多酒家餅店都會在中秋節掛上大大的花牌！那時是小市民供月餅會的收成期……

程嵐回來了。

我記得她留着短髮的樣子，清爽的面容，耿直的性格，沒有協商的餘地。

一個不拿手袋，整天揹着背囊的女孩。辦事眼明手快，絕不拖泥帶水。

「為甚麼媽在生的時候，從沒好好照顧我們兩母女？」程嵐恨恨地說。父親是中港司機，駕着貨櫃車兩地跑，日子風光的時候，一個月沒兩天留在家中，放下錢就開車去。

「家在他眼中酒店不如，」程嵐那年六歲，她眨了下眼說：「小時聚少離多，在我印象中，他只是個過客，從不覺得他是家中的一分子。」

「生活不易啊！」

「如果他真的是為頭家去拼搏，我當然尊敬他……」

我認識程嵐是在雜誌社，公司代理多隻電器產品，經常要下廣告。多次截稿後打尖，就靠她幫忙。家電促銷，遇着對手同期推出相關級別，搶銷很重要。程嵐辦事認真，與她對稿特別細心，晚了一塊吃飯，每次都說我是客人搶着結帳。

湯觀山　攝

有一回吃完晚飯，她建議去附近的公園仔逛逛，那晚她看來心情不太好，買了半打啤酒很快被我們喝光。

「有人說在東莞見過他，摟着個女人，身邊還拖着兩小孩。」

這是個典型的中港貨櫃車司機的故事。她說九歲那年父親已經沒有回家，最初幾年還給家用母親，後來連音訊都沒有了。

程嵐喜歡話劇，我鼓起勇氣邀請她去大會堂，沒想到她會應約。我不知這算不算開始，因為連手也沒拖過。不夠三個月，她要離開香港：

「趁年輕，到外面闖一闖！」

記得看話劇那晚她穿了襲高腰長裙，淺米色上身細紗棉布衵衫，下身束着灰藍色麻布長身裙，胸口打了隻小小的蝴蝶結，腰身兩條飄動的帶子。打扮文青。

看着她輕步黃昏細雨，來到大會堂低座，盈盈欲語的目光跟我遇上，立即垂望鞋尖。我心裏怦然一跳，忽然對她有種說不出的感覺，為甚麼以前沒有留意過她……

「每一棵樹，只為自己的影子而站立」，程嵐說，曾讀過這樣的詩句，懂事以來，就知道無論遇上甚麼困難，只能靠自己去解決。

自此跟她連絡就用上臉書，三年來在南美跑了四個國家，每到一個地方，她都會寄張明信片回來，其實現在互聯網那麼方便，郵寄信件已經沒有人做了，但程嵐說電子文字千篇一律，冷冰冰。

我與程嵐的關係很微妙，在公事上認識她怕有一年半吧？和她單獨相處時間很短，不夠三個月，幾次約會，所知不多。

我沒有戀愛經驗，性格內向，平日返工放工，有時會約朋友打籃球、看電影，或者吃頓飯。一直沒女友，與程嵐交往，都是她作主動，有時十天八天，程嵐沒回應，我不敢去追問，只靜靜地等待。

「你相信緣份嗎？」程嵐在臉書問。

「你呢？」

「我害怕來得快的東西。」她頓了一會：「因為我害怕失去，得來快的東西都容易失去。」

這三年裏偶爾她會問同一問題：香港有甚麼改變？我的答案千篇一律，機場擴建、一地兩檢、最低工資增加、鄰居的花貓一胎生了五隻小貓……她曾暗示因為父親，對男人失去信心。想不到今天卻在臉書收到她的留言：

三年了，我還是不能把你忘記！今年中秋……

我回來了！

看了那段小小的留言，很難說出是甚麼感覺？忐忑無措不是，恍惚得心醉神迷？抑或欣喜莫名……

自此之後時間變得很長！因為她沒有告訴我哪天回來。原來等待是那麼遙遠。

從窗口往外望；市面一片節日氣氛，街道熙來攘往，人山人海，公司又忙着處理買月餅送禮。

2／教練

時間過得真快，轉瞬又到歲末，漢明盤算着買些甚麼去給師傅拜年。

那年從奧運會回來，沒想到甫出機場，會遇到那麼多市民、記者、朋友夾道歡迎……體育總會也派人送上鮮花，熱熱鬧鬧。

漢明明白：每個獎牌都是用汗水換回來，沒有僥倖。每次踏上頒獎台，便忍不住翻動的激情，當獎牌掛上頸項，一幕幕艱苦訓練的畫面就在腦海裏浮現。

作為優秀運動員，心理質素很重要，他一定要有堅定的奮鬥心，還要良好的體魄，接受嚴格訓練時，具備不屈不撓的精神。

這些都不重要，最重要就是他能夠接受失敗。

「比賽拿金牌當然開心，但是只要有比賽，就有落敗者，不可能勝利永遠站在你那邊；要知道當你向更高位置挑戰時，落敗就是必然。」漢明記得上第一堂花劍訓練時，坤叔這樣說過。

作為傷健運動員，選手要克服的不是肢體的缺陷，心理輔導比正常運動員更重要！

「好教練不僅要有耐性，還要冷靜的分析。」漢明在一次歡樂時光與友人在小酒吧閒侃，冷氣涼涼地掠過臉頰髮腳，拿着啤酒講起運動員生涯，驕傲地說：「我有個好教練！」

坤叔是漢明第二任教練，是他把漢明的運動員生涯推上最高峰。十四年下來，坤叔退休也快六年了，漢明在坤叔退休的翌年也退出了輪椅劍擊。

「克服勝利，有時比克服失敗更困難。」坤叔沉吟了好一會兒說：「有些人會遇強愈強，但更多人，當他登上冠軍位置的時候，就忘記了失敗的忍耐，驕傲自大，這才是勝利的最大敵人。」

二十四歲那年，一次工業意外，令漢明從此雙腳殘廢，失去自由，當時意志消沉，覺得整個世界都像劃上了句號。

是坤叔將他從谷底重新帶回現實，重燃希望。還記得很清楚，那天在碼頭，呆望着海港，看着船隻穿梭在維多利亞海峽，那刻好像整個世界與你再沒有關係，又似一隻斷了線的風箏，不知道自己會飄向哪方。

「年青人，你見過不會飛的鳥兒麼？」漢明望望身邊，一個身材魁梧的中年人，微笑地問他。

漢明輕輕地搖了搖頭。奇怪地望着這陌生男子，地上幾隻小麻雀，在陽光微拂的輕風下，正在啄食着地上的沙石，希望覓得一點甚麼可以果腹，忽然一對情侶柔光中走過，小麻雀驚慌飛走了。起落的翅膀拍動一片花白的陽光。剛巧有艘渡輪正在泊岸，翻起閃閃粼光。這是個風和日麗的晌午。

「鴕鳥不會飛！卻是世界上最大的鳥兒。」中年人頓了一會繼續說：「如果上天註定了你是一隻不會飛的鳥兒，那麼，我們就接受它吧。」

就是那一番話，坤叔把漢明帶回體育館，他以為雙腳殘廢後便結束運動員生涯，沒想到那次偶遇，兩人就此建立起師徒的關係，改寫了他的人生下半場。

「一個最好的教練就是最好的靶。」有一次見到坤叔沖身的時候，肩膊背脊一片紅一片紫。心中就暗忖，那該是我揮劍回旋時造成的瘀傷，禁不住心裏痛了痛。

漢明從前線退下來後，接受了另一種挑戰！當上教練。他沒有令坤叔失望！終於在電視見到他教的選手踏上頒獎台！

漢明那刻心情很興奮和複雜，雖然這幾天天氣驟變，風濕病就來。

他原先按計劃是下星期買些生果去坤叔家拜年，還是按捺不住立刻約師傅明天飲茶，原來最大的喜悅不僅是站在台前；成就背後還有支持者的默默付出。他終於明白為甚麼要當一個好教練……

輪椅劍擊世界冠軍張偉良（右）、教練王鋭基（中）及隊友陳錦來（左）
照片由張偉良提供

3 ／ 擔杆山外

只要看到日出，就會見到木棉的漁船，平靜地剪開碧海。

他不怕窮，因為知道出海落網，一定捕到魚。

木棉決定把小妹送上岸去讀書，從東家借來的錢本想換一副新的發電機，現在只能勉強修好舊的算了。娘年紀已大，是時候上岸照顧小妹。木棉希望小妹讀好書，將來可以在岸上工作，不用出海。

雨季開始，颱風跟着來。春嬌是漁民子弟學校小學三年班學生，他四年級。小學之後，木棉輟學上了船。春嬌唸完中學，在一間貿易公司當文員。

「記得玉蓮嗎？」娘又為木棉娶老婆着急：「上次我們去飲二伯父的生日酒，坐在我們席間的女生。她父親做蝦艇，人挺不錯啊！」

木棉專心地修補魚網，盤算着怎樣修理好那台發電機。玉蓮是誰？為甚麼一點印象都沒有……

父親在生的時候常說：欺山莫欺水。所以自小就教他學會游泳，亦深諳大海瞬息萬變，遇上風雨，不敢怠慢。

木棉從有經驗的老漁民身上學會看天色和海水，預測天氣，很多時候他們比天文台還要準。

「我怕你千揀萬揀，揀到個爛燈盞！」媽還在囉囉唆唆，離不開為他鋪排女友。

木棉相信冥冥中自有主宰，小學失散多年的同學，在街上踫見，也未必能相認，沒想到電腦網絡卻讓他重新聯絡上失散的同學。

「我們多久沒見面了？」曹仲衡在臉書上說。

「怕有十年矣！」木棉屈指一算。

「工作好嗎？」

所謂「靠山吃山，靠水吃水」，木棉可沒想過離開養育他的海洋。

「不是甚麼事都可以解釋的。」春嬌自言自語。所以別問我愛你甚麼？春嬌心裏暗暗地想，很多東西都是沒有答案。

「玉蓮是個好女子，」娘說：「勤勤懇懇，將來是個好老婆。」

離開擔杆山，海闊天空，藍天白雲，就是木棉的將來。

曹仲衡靠着電腦互連網，把舊同學一個一個找回來，現在聯繫上的已有十多人，一年準有一兩次聚會。

大約兩年前，木棉被加入舊同學群組，第一次往酒樓赴會，與春嬌重逢，兩目相遇那刻！忽然覺得整個世界都在身後隱退，漸漸聽不到外面的聲息，環境和事物跟着也慢慢失去焦距……

同學們多年不見，問這問那，只有木棉心不在焉，提起童年往事大家都有說不完的話題，人長大了，樣貌性情都有很大的轉變。春嬌依然故我，像以往一樣，默默地守在一邊悄看着木棉。

春嬌再不是昔日的小女孩；小時容易哭，木棉最不能忘記的是她一雙會笑的眼睛，水汪汪地無言。

三天後，木棉收到春嬌的來電，天南地北，無所不談，話題最後扯去兒時碎事：「你還記得嗎？四年級我數學考試不如理想，傷心地哭起來，你給我一顆鳥結糖，逗得我笑起來！」

「噢，忘記了。」木棉茫然回應。其實女孩子都容易哭；誰也不會例外。

「我很想吃回那種鳥結糖，你在哪裏買的？」

木棉在心裏記着，出海回來，便往皇后餅店買了包鳥結糖，他們就是這樣開始約會起來。

兩年來，木棉每次出海回來，不是給漁船補充後急着出海，一定會與春嬌約會。

那晚看完電影，送春嬌回家，她低聲地說：「回來的時候，記着告訴我。」

木棉微微點了下頭。一股熱帶氣旋已經在香港的東北方集結，風季出海有一定風險，隨時要留意氣候變化。

不夠十小時，颱風轉了方向，來得很兇，狂風夾着暴雨，木棉披着雨衣穿着水鞋，在巨浪中搏鬥到天亮，終於捱到南丫島，當手機收到訊號的時候，他沒有像往常那樣發出短訊，只送出了一句簡短的語音：「我回來了！」

他知道春嬌今次最想收到的是他的聲音。看看天邊，是一片白亮，黑夜已經過去。

湯觀山　　攝

4／加衣

九〇年爸帶着一家四口移民去三藩市，那時哥剛上中學，我讀完小四。爸是高級公務員，他揀了「肥雞餐」離開政府，有此決定的人，都是不再回頭，所以當時美孚的物業也一併賣掉！

沒有明天的香港人，像一塊飄盪空中的落葉、任流水漂泊的浮萍。

暑假的時候，爸帶我們去星加坡，那個講華語和英文的國家，人跡稀少，比起香港的車水馬龍，煞是納悶。最不習慣是英語發音不標準的人卻偏偏要用英語去交談。

想不到一年後，我們沒有遷去星加坡……

「那邊的屋子大，前面還有個草坪。」媽跟爸探路回來，兩眼閃着興奮的亮光，「每區都有學校，社區設備完善。」

我們就是這樣移民去了美國，在那裏完成大學後投身矽谷，電腦這種高科技美國一直都是站在領導地位，相對香港經濟發達，這方面卻落後。

隨着中國改革開放，百業待興，有見及此，我毅然回港投身電腦界；多年努力，現在總算略有所成。

「很希望阿哥回來，我們一起闖天下！」我跟爸說。

買入壽臣山這棟四房獨立屋，多少都是為了屋前的兩棵白蘭樹，每到夏天，滿園幽香。

「我抵香港了！」爸昨天在手機給我留言。

「😀」，我簡單地回他個笑臉。兩天前已安排了司機往機場去接他。

當我決定買入房子的時候，已預留房間給爸爸，希望能與他同住。

「家俊說三藩市比較適合他。」父親望着我淡然說：「他知道你現在工作繁重，希望他回來，但他說寧願選擇簡簡單單的生活，留多點時間給家人。」

爸很高興新居有一間屬於他的房間，但仍是選擇兩邊飛……

大哥比我大兩歲，在香港時我們同一所小學唸書，每次被人欺負，他都會站在我前面；有一次遇上一個高班同學，不惜被打至頭破血流，他哼也沒哼；去了美國，我們又再同一中學，直到升上大學，大哥選修會計，我對電腦情有獨鍾，我們才各奔前程，但無論遇到甚麼，仍會先找他商討，而他也一定為我找到最佳的方案。

「我不陪你出海了。」妻頓了會兒說：「趁着假期，約了婆婆帶兩個孩子去海洋公園玩。」

第二天下午，從前海公司趕回家。這個端午節假期，預算開遊艇與爸出海。我沒有駛去西貢看龍舟競渡，卻轉往滘西洲看日落。

「我預備了炒粉麵和沙律給你們在船上吃，」她知道我想單獨與爸過一個端午節：「還有些水果……」這個善解人意的女人，結婚生子，一直在背後默默支持。

難得與爸獨處，躺在甲板吹晚風，我給他倒了杯茅台，自己斟了杯八二年的

La fite。

那個黃昏我們東西南北，無所不談，兒時往事一幀幀在腦海重現……星光初亮，歲月無聲，平靜的海面只聞細浪輕拍船舷，那熟悉的感覺讓我想起童年時無數個晚上，爸回來例必走到床邊；給我蓋被抹汗，難忘那絲絲溫暖……

桅上燈影晃動爸蒼老的側臉，彷彿又聽到霜雪和風聲自他身上流過。

沒一會兒，他便攬着滿襟的星光睡去。看着天色已晚，也是時候起錨回航，在如斯陌生的夜海，寒風凜冽，我脫下身上的卡曲，悄悄加在他身上，然後反起衣領，擋住了那一夜海風的冰寒！破浪而去……

湯觀山　　攝

四個女人的故事

在大都市學業有成，
還惦記窮困的山區嗎？
父親早逝的孩子，
能飛向怎樣的明天？
情人或遠或近，痴心的女子
忠貞等候、默默注視。

1／季紅的諾言

座枱月曆已經翻到最後一頁，季紅算算，日子過得真快。來香港唸書，只為追求知識，了解外面的世界，沒想到一晃五年，好像是昨天的事。

留在香港工作，甚麼都重新適應，最難是過時過節，當同學朋友們回家慶祝，離鄉的浪子就倍感寂寞。

「媽！我在這裏一切安好，朋友們都很照顧我。」每次通電話，她都知道怎樣讓母親安心。

我們很難說出季紅的美麗，青春少艾？還是文靜可人？與她在一起，永不納悶，像她這樣一個聰明女難免惹來不少浪蝶。男女間的感情，她不算甚麼情場老手，但知道怎樣處理，打個比方，在街上遇到一條又瘦又骯髒的流浪狗，千萬別抱牠回家，沒有讓事情開始，就不需要理會結局；或者應該說不敢，她的成熟，使她知道怎樣處理長不下根的感情。

「我從山區來，我是屬於山區的。」季紅感慨地說。

大約十二年前罷，村裏來了批宣教士，那刻開始讓她認識香港這個地方。從他們派發的傳單看到「知識改變命運」幾個字之後，就立志要離開山區。她要改變命運！兩年碩士，三年留港工作，這些，她都做到了！

季紅記得出發到香港那天早上，媽大清早爬起來，給她煮了碗熱騰騰的麵。

「抵步給我打電話，有甚麼需要告訴我。」她一邊吃一邊淌着淚，想到離開家鄉，去到一個陌生的地方，心裏滿是辛酸。媽不知從哪裏給季紅弄來五千元美金，她就是帶着那筆錢去了香港。

「留下來吧！我會照顧你，這樣你便可以專心讀書。」那個已經有太太的教授曾經這樣對她說。季紅很欣賞他的學識，但很難想像，如何介入別人的家庭作第三者。她沒有因這尷尬事件而去轉校；但自此再沒選修他的課堂卻是事實。

這是四年前的事了。已經熬過去的日子，現在回顧溜得飛快；一個陌生的女孩來到一個陌生的城市，身上那麼一點錢很快花光。要在香港應付學費租金很不容易。季紅不怕捱，補習老師、售貨員，聽人說洗碗工資較高，她又走去餐廳，香港有樣好，找工作容易。

最困難的時候，季紅幾乎想輟學，經濟壓力加上學校功課，畢竟中港兩地課程有所不同，何況她的英文根本就存在很大的落差。不過一切都過去了，捱過的日子，現在回望輕輕鬆鬆……

「媽！我回來了，我要和你一起過春節。」

五年過去，季紅看見自己的改變；沒有踏出那一步，離開山區，永遠不會知道外面有那麼一個世界。每件事物該有完結的時間，今年的座枱月曆已經完成了任務，明年又會換上一個新的。

「我等你回來……」那個唸人文科學的研究生，目光誠懇得令人感動。你垂下頭，默然無語，生怕淚水會掉下來。

踏上開往中國大陸的火車，即將離開這個改變一生的地方，她知道會重臨此地，即使如此，仍是情繫故鄉。

香港，再見了！

這個城市每刻都發生不同的故事；人和事，構成了它的美麗。昔日浮光飛逝，紛紛揚揚，閃爍着碎片拼湊的時光。

不知多少個晚上，坐上穿越海底小巴，搖晃着疲累的身軀，就想起家鄉星夜，月色涼涼地浸着睡意。流過的廣告屏幕展示白燦燦的繁華，兩個不同的地方，交疊在同一時空。遇上假日，她會賴半天床。這裏濕度高，雨季薄薄的涼風，是季紅最愛的夏天……

今天，季紅要把知識帶回家鄉，造福更多兒童，不為甚麼，只為了帶領他們走出貧困。

她堅守諾言，選擇回去，因為還有千千萬萬個夢，等待着她去完成！

葉甦　　攝

2／明日

父親早逝，建立起你獨立的性格。那年十四歲，火紅的鳳凰木盛放的六月，熱烘烘的風撲面，叫人鼻尖也冒汗。

那天走在回家的路上，電話鈴響起，噩耗傳來，父親在國內交通意外身亡！你哭成了個淚人。

「生有時，死有日。」公公輕撫着你的頭說：「勇敢地活下去，這才是你對爸爸最好的報答。」

你沒有說甚麼，咬着下唇，含着淚，不讓它掉下來，用果敢的眼神告訴公公，你愛父親，知道怎樣做個好女兒。

在殯儀館的靈堂前，默默守在媽的身邊，給到來拜祭的親戚朋友一一回禮；沒事做的時候，就幫忙摺金銀衣紙，雖然知道燒那些東西不管用，爸不會收到，那個紅紅綠綠的紙扎世界根本不存在，但仍是一張張用心地去摺。

媽把你撫養成人，沒有太大的壓力。父親留下了筆積蓄足夠生活；可是有些東西失去，不是金錢可以彌補。

「媽，你還有我。」每次見到媽躲在一邊流淚，你便安慰她。慢慢媽媽不再哭了，只有你知道，她這輩子都放不下爸。

中大畢業後，加入了間美資化工廠做前綫營銷，對你來說沒有難度，外向的性格，使你在工作上一帆風順。

產品質量高，價錢合理，五年來公司派你跑遍大半個地球。中國大陸、泰國、越南、沙地阿拉伯、伊朗、伊拉克，甚至南斯拉夫……

像你這代的學生都經歷過科網爆破、911事件、沙士疫潮、金融危機，多困難的日子，不也一一克服？

挑戰自己，從來都是寂寞的！

你深深明白，要克服的不是甚麼大千世界，而是面前的自己！要不留在母親的身邊，要不就把自己豁出去。

「我是一棵樹，不在那個晨昏，不屬於甚麼季節，只為等一隻飛倦了的鳥，在我那裏結個巢。」他是個有着湖水藍瞳的混血兒。

第一次遇上他是在巴黎的小酒吧，他興起來打開身邊的大提琴輕奏，不一會嘈吵的狹小空間立刻靜下來，大家都屏息傾聽，不知不覺跌進了大提琴低沉的音箱。那是一面平滑的湖，深邃而明亮……

你深深地垂下頭，幽幽望出去，幾乎可以看到自己的眼睫：「別問風為何流浪。」

他說你的良善感動了他，那年夏天往希臘度假，陽光照着海岸的白屋，走得累了，隨意停在小路的咖啡店，想不到又再遇上那個年輕的大提琴手。

「相信緣份麼?」他垂在額前一綹細髮,沒入了黃昏的晚風:「若夜裏看見流星飛過,許個願吧!」

暖暖的柔弱,發自他幽幽的眼睛;好想問他,為甚麼時間會流動得如斯緩慢?這個希臘與日本混血兒,有着高挑的身材,一臉無言蒼白;那種非典型的含蓄,很適合拉大提琴,除了它低沉的音色,誰會說出獨白時的寂寞?

青春貌美,高學歷再加上善解人意,你具備了所有吸引男人的條件。如何刻意收斂,都掩飾不了光芒。

「你不累麼?」不止一個男人,曾這樣對你說。每次聽見,都是不置可否地莞爾一笑:「我買下一片海洋,更捨不得藍天!」

倔強的性格,叫你逆流而上。你相信偶然,不相信緣份。只問耕耘,不問收穫!誰說過的話?正如魚屬於海洋,鳥兒屬於天空。你卻是屬於明日。

一直以來,只知道往外飛。從沒回頭。今天飛出去,就是要比別人飛得更高和更遠,因為飛出去不為甚麼,只為了他日的凱旋!

湯觀山　攝

3／辭職

那晚春嬌在公司留到很晚，因為要處理從加拿大來的一張定單。同事都走光了，寫字樓只餘下老闆房間滲出的燈光。

春嬌走去茶水間開咖啡，趁機喝些熱飲歇一會。暗暗的燈光剪出她側臉的青春。

「還沒走嗎？」春嬌回轉頭，原來老闆也從房間走出來小休。她報了個微笑，這是禮貌。

她的嫵媚不在那把長髮，是靈黠閃亮的眼睛？還是微笑的唇瓣？木棉賣走魚穫，會買春嬌最愛吃的鳥結糖，還要是皇后餅店做的。

「加拿大來了張定單，想在假期前完成它。」春嬌給老闆解釋。看看腕錶，時間有點晚……颱風轉了方向，可能夜點會掛風球！她一邊撥手機，一邊撂了下長髮。

「現在的定單越來越細，貨期又短。」老闆回了一句。

春嬌不是第一次加班，有時與三兩同事，遇上老闆工作晚了會請他們一伙吃飯。

春嬌還記得那個星夜，木棉把魚穫交去香港仔魚市場後，兩人一直沿路走到海旁，一塊坐在岸邊，吹着海風，木棉是個老實人，結結巴巴地看着她，半天說不出話，不知道怎樣向她示愛，最後還是春嬌羞赧地握着他的手。

老闆喜歡打高爾夫球；行動矯健，不是頂着圓大肚腩中年發福的那種男子。房間裏放滿了他打球得來的大大小小的獎牌獎杯。他應該是一名高爾夫球健將！

「你每次出海，遇上颱風，我就忐忑不安……」春嬌垂下眼瞼。

「沒事的，現在的船那麼大。很安全啊！」木棉安慰她說：「回航時，電話收到訊號就給你報平安！」

這晚老闆又邀春嬌往附近的小店共飯。暴風雨前夕，空氣格外悶熱，昏黃燈影下他喝多了點酒。紅着眼睛說：

「我好寂寞！」他握着春嬌的手不放。酒精令他說話呢喃不清，不知他說甚麼？大概表示想有一個像春嬌這樣的伴侶，可是他經已是已婚的男人啊！而且還有個五歲的兒子……她害羞地把頭越垂越低，腦裏一片空白。

春嬌弄不清她愛木棉甚麼，早在小學時候，其實已經留意到他。雖然木棉外貌平平，成績一般，小朋友在一起也沒發生過甚麼好打不平、英雄救美的欺凌事故。他愛與男孩子玩，春嬌就只會在旁偷看……每次想起就面紅耳赤。

「我一直有留意你，自從你來了我們公司。」老闆望着春嬌頓了一會說：「你讓公司充滿活力！」

我甚麼都沒做過，春嬌心裏暗忖：我只想有一份工！

平平凡凡過日子，是最開心的事。

「沒有甚麼配不配，雖然我比你多唸幾年書。」春嬌對木棉說，但他總覺得自己和她有距離。春嬌愛木棉的平凡。

面對老闆酒後的那番話，她不知怎樣應對，回家路上一直揮不走困惑，但更令她擔心的，是從新聞看到天文台發出的颱風警報，一股烈風正面襲擊香港，十號風球經已懸掛！

春嬌雖然很喜歡現在那份工，可是仍然決定明日返工要做的事就是辭工，因為她不知道以後怎樣面對老闆。所以第二天上班，第一時間向人事部遞了辭職信，然後輕輕鬆鬆離開公司。

下到大堂，踏出大廈；正值上班時間，中環車水馬龍，春嬌走在暴風雨掃走陰霾後的街上，清爽面容掛着微微上翹的咀巴，帶點兒驕傲，看上去一臉幸福，熟悉的淺笑又回來了，簡簡單單是屬於她少女時代的純情。

時間漸漸慢下來，春嬌的身影亦無聲溶入喧鬧的街聲，每日有不同的故事發生，她只是其中一個，平淡而扼要，茫茫大海中，忽然的陌生令她驚覺懷裏的手機震了一下。拿出來看，是木棉發來的語音，對她來說，他的留言：「我回來了！」就好像一件失而復得的貴重物品，她終於大大地鬆了口氣。

shutterstock

4 ／ 醫生

嫁了給家熙不是因為他是醫生，愛一個人是一種不可言喻的感覺，第一次見到他沒有怦然心動；平平淡淡在身邊流過，根本引不起我注意。

作為實習護士，早就預備接受別人最厭惡的工作。給病人擦身、填寫牌板、派藥……每天都有做不完的工作。

那天他伴着姑娘和推輪椅的護理員把病人送上來，後面跟着幾個愁眉苦面的家人。

「準時給他量血壓和體溫，記着！」他一臉凝重地跟我說。一個七十餘歲的老翁，軟弱的身軀好不容易才挪上床。把病人安頓好後又急急離開病房。

收工前又走上來，拿着牌板，緊鎖眉心，摸摸這裏那裏，然後拿聽筒用心地聽了一會兒心肺。一語不發，不知是不是所有的醫生都是不苟言笑。

幾天下來，每天都是這樣：調校藥物，給他施針。一個星期過去，病人慢慢好起來；也漸漸見他眉心舒開。

「韋姑娘，麻煩你給他留小便，拿去種菌。」

工作不順利，他偶爾也會發脾氣，醫院是一個公營機構，醫治病人是我們的職責，這年代，慎行慎言很重要，很多人就是為了害怕被投訴，讓病人失去機會得到更好的醫治。

兩年過去，目睹譚家熙醫生小心翼翼地作了幾次略帶風險的決定，有時又為病人爭取更好的藥物治療，留在醫院超時工作，其實可以輕輕鬆鬆，少寫兩份報告，早點收工回家休息，所謂無驚無險，又到四點……他的堅持，使他在平凡中變得特別。

譚家熙雖然其貌不揚，不知甚麼時候開始，每次與他目光接觸，就禁不住心跳加速，羞赧地垂下頭，那刻就知道城池已經失守。

「去聽演唱會嗎？有個朋友買了兩張入場券，臨時有事不能去。」他第一次約會，腼腼腆腆地對我說：「不知你有沒有空？和我一起去。」

「嗯，」我還是第一次遇到一個男生，追女仔可以這樣行貨。「好啊！」說話出口，我立即後悔沒有一點矜持。

最令我印象深刻的，不是他對病人那種細心，照顧入微的態度。

記得那年沙士襲港，整個醫療界都沒有經驗對付這個隱形殺手，當病毒在香港肆虐擴散，迅速攻陷我們的醫療防線，大家都束手無策，疲於奔命，見到前線的同袍一個一個倒下來，望着ICU垂危的病人。家熙與他的同伴，雖然口裏不斷埋怨，防疫措施做得不夠好，但仍然戴上口罩和護眼，穿上防疫衣服，走進病房，照顧感染的病人。

「你為甚麼當醫生？」

「你呢？又為甚麼當護士？」

他沒有答我的問題，卻反問我。當然，不會傻到對他說，小時在郊野拾到一隻受傷的小鳥，撿回家悉心照顧，直至康復，從窗口飛走……

「人的生命比甚麼都重要！」我沒有直接回答。但相信他會明白。

我們的愛情故事沒有甚麼轟轟烈烈，只是平凡地度過了一段共事、偶有約會的日子，直到有一天……

「嫁給我吧！」家熙笑着說，一臉誠懇：「我們每天都那麼忙……」

我垂下頭，沒有作聲。

「雖然我們拍拖的時間很短，但我的心意，你是明白的！」他望了我一眼，繼續說：「我們一起工作，以後拍拖的時間還長啊！」

我在心裏失笑起來，找個這樣的藉口求婚，真算出人意表！可是還是嫁了給他。

與他相處久了，終於明白他有甚麼吸引着我，因為他不僅是個醫生。

譚家熙是一個怎樣的人？

他是個無論病人多病危，都會把希望帶給他們，還不僅是那麼一點點；最不同的地方，是他把病人都當成了家人一樣。

shutterstock

四個老人的故事

或是在果欄靜看途人往返，
或是撫摸那漸舊的唐樓牆身，
又或者，重遇轉瞬便長大的小孩……
歲月無聲，但人間有情，
在持續變貌的城市裏，
每段回憶，都滲出酸甜苦辣的人生況味。

1／果欄・落雹

那個年青人拿着部相機東拍拍、西拍拍。不一會兒，走到生果檔女主人身邊問：「師奶，為甚麼通道上蓋穿了那麼多孔孔？」

順嫂瞄了他一眼，記起老人家常說落雹不是好時年，其實怎麼艱辛的日子，還不是也捱過了？上蓋的彈孔，是哪年落雹擊破的？

「……泊在路邊的車子，擋風玻璃都給打碎了！」

她在油麻地出世，看着它的興衰起落，兒時玩伴，長大後很多都已遷離；他們一家九口，就靠父親當木匠，憑着雙手的工藝把他們養大。

年青人喃喃自語：雖然聽人說過，落雹不是鬧着玩，沒想到威力那麼強大……仰頭扳起相機，又拍了幾張照片。

「這些建築物多久了？」年青人用數碼機留下時間，最感興趣是屋頂上的招牌：「真美！」

「誰曉得？」順嫂反了下白眼：「我出世的時候，它們已經存在。」

香港這個人口稠密的城市，處處都是高樓大廈，只有果欄這個舊城區，還有那麼一組矮小的建築物，讓少有的陽光射進街道，軟弱無力地撫摸着蛻變中的城市。

別人說果欄是個龍蛇混雜的地方，順嫂沒有這感覺，她覺得這裏有它自己的文化，外面的人不了解，覺得果欄複雜；以前治安不好，偷竊鼠輩特別多，他們自組守衛去維持秩序，沒有甚麼大不了，很多人以為他們有組織，所以黑社會在這裏滋生孕育。

大熊的父親走了以後，果欄這檔生意，就靠順嫂和兩個伙記擔起來。

有孕婦在這裏誕下嬰兒、有人心臟病猝發、爭執怒罵，時有發生……最開心的一次，是有個男孩捧着個大西瓜向女友賠不是，自此冰釋前嫌！

順嫂看着很多住在這裏的鄰居一一遷離，留下年老的一代。也有離開香港，移民外國，幾十年來，遠走他鄉的鄰居偶有回港探親，都會順道往果欄走一趟，探探舊朋友。

香港經歷過不少動盪，例如六七年暴動，金融危機，還有沙士疫症。九七年回歸，引發了一個又一個移民潮。這些日子以來，世情默變，沒有甚麼是永恆。

這天有人走進果欄，是個白髮老婦，定睛望着順嫂，滿臉蒼涼：

「你是美儀?……」

順嫂抬頭，凝望了她好一會兒：「是啊……」跟着叫起來：「你是……淑雯!」

「……」女人哽咽着吐不出聲。挽着一隻殘舊的仿鱷魚皮手袋，身上披着一襲過時西服，外衣蕾絲滾邊，一看便知是十幾年前的時裝。

童年的回憶，一刻間在腦海裏不斷翻動，幀幀發黃的舊照，恍如隔世。

「大家都好吧!?」

90
380
400
300
160
300
150
120
400
180
450
150
Premium
JA
180

shutterstock

「他五年前走了。」她指的是順興。

淑雯舉家七五年移民美國，順嫂與她是鄰居，當年大家都是十二、三歲，在同一小學唸書，陳順興是同學，三人常一起玩耍，女孩子情竇初開；順興夾在中間，慢慢長大，有時就覺得三人間的微妙關係有點忸怩……

很多東西都不是我們可以選擇的！淑雯的別去，美儀說不出是高興還是悵惘。

「在紐約沒有唸完中學就出來工作，」淑雯頓了一會說：「我現在是三個孩子的母親，丈夫是一間雜貨店的少東。」

「哦！」順嫂應了聲。生活過得好嗎？久違的眼神裏是暖暖的關愛……

如果淑雯沒走，不知順興娶的會是誰？兩個老婦人有說不完的心事，美儀想邀淑雯往家吃頓飯，因為還有幾十年沒說完的話，可惜她還要見見男女家的親戚朋友，不能促膝長談……

順嫂目送淑雯的身影消失在鬧市熙來攘往的人車中，良久才回頭，怕這一別今生沒機會再見，有些東西錯失了就永遠不再，時間的長河甚麼也留不住。那邊拍完照的年青人又走來話別，他只是浩瀚的銀河系偶然飛過的一粒流星。她看看腕錶，街市還沒收檔，大熊讀了兩年副學士，跟着接上大學，他說今晚會帶個女同學上來吃飯。總得好好加點餸啊！順嫂一邊朝着街市走，一邊心裏盤算着買點甚麼……

2／聖誕禮物

聖誕是個普天同慶的日子，各大公司趁着節日大做生意。購物送禮這個龐大市場，誰也來分杯羹。

年紀大了，買甚麼都沒興趣，每天呆在家中，看看那些東西沒用的便扔掉它！董家明自從老伴兩年前過身，就愈覺甚麼都是身外物。

「甚麼未見過？想吃的都吃了。」有一次與老徐一塊吃素，他滿臉得意地說。

「是啊！」不知那是滿足還是無奈，董家明言不由衷地回應說。商場兩三星期前已掛上聖誕裝飾，街店紛紛推出減價貨品。市面充滿了節日氣氛。

文輝是獨子，中學去了多倫多升學，畢業後留在那邊工作，結婚生子。他第一次回來應該是大孫子出世後不久。

那次特意與家嫂帶着孩子回來看兩老，不覺如今已經是三個孩子的父母！

「家明，你評評理！」老徐嚷着：「偶爾花三、二百元買件古玉，有過份嗎？」

「一把年紀，喜歡甚麼，就去做吧！」

老徐埋怨太太常撿拾環保袋，家中儲滿沒用的雜物。其實人老了，難免囉囉唆唆，老徐不也一樣？說話往往重複多次，自己也不自知……

「與紅白藍膠袋住在一起，跟天橋底的拾荒者有甚麼分別？」老徐反了下白眼。

小學時集郵，集齊了一套喬治六世登基紀念郵票開心了好幾天。少年的夢是買一部F1.8光圈的單鏡反光相機，算不上甚麼大牌子，卻迷醉在朦朧的景深。擁有第一部二手車時文輝才五歲，車子取回來一家大細立刻遊車河去。今早十點接到文輝的電話一直興奮到中午。他說今年回家一起過聖誕！

「我們今年會回來！」聲音明明是近在耳邊，為甚麼人會那麼遙遠……

「好啊！」董家明壓低嗓子，故作鎮定地說：「孩子呢，他們也一併回來嗎？」

「我們都回來。」對面傳來文輝的聲音，隔着厚厚的空氣。跟着說了很多瑣瑣碎碎的事，一點也聽不進去，只惦念着他們回來，看看孫子長得多高大？盤算着帶他們到哪裏吃飯？買些甚麼給孫子。

「做人要有目標和堅持！」

中學時被學校的體育老師發掘賽跑的潛能，悉心栽培下贏取了多項校際比賽，中大畢業後，考入政府當公務員，從此仕途康莊，社區工作是董家明的強項，錦旗獎杯，大大小小，一百幾十件，搬了多次屋，捨不得丟棄，這些東西每件都帶給他不可磨滅的記憶，裏面有起有落，更多是奮鬥的汗水。

獎杯、獎牌是一種鼓勵，「……例如海洋公園的海獅，每次表演完，只給掌聲沒用；還要賞牠小魚！」忘記了是哪個體育教練曾這樣說過。

沒有甚麼禮物比得到別人的認同更令人興奮。日子過去，慢慢覺得甚麼都不重要，有時搬家執拾細軟，沒有足夠地方擺放，便一件一件丟棄。

現在留在書房的書架上，只餘寥寥三兩件，更多的是兒子從美國傳來的電子檔案打印出來的相片，裝裱在精緻的相架上，還刻意擺放在當眼的位置。

老徐說近日股票大升，投資有點收穫；今年攬攬新意，和老伴去吃聖誕大餐。生活最大的情趣，就是有時也要給自己一些獎賞。

最後文輝電話裏問：今年過聖誕，父親想要甚麼禮物？

是啊！我想要甚麼呢？迷惘得自己也不知道。

「香港甚麼都有！」董家明回了一句，心裏酸了酸，默默自語：你們回來就是最好的禮物！拿着手提電話哽咽，再也接不下去，沒有人理解你這些年的寂寞。彼岸的文輝看不到董家明湧出來的熱淚！

葉 甦　攝

3／成長

七、八十年代是香港工商業發展最蓬勃的二十年，我們的印刷公司亦隨此巨浪而成長。香港有甚麼改變？這個沒有面貌的城市。不斷拆建的樓宇和街道。當你走過修路的鑽孔風機時，才驀然驚覺，物換星移，時間在你我不覺中悄悄飛逝。

「咖啡或茶？」我不是一個經常去馬場的常客，遇到好此道者，逢場作興，商業酬酢，在所難免。

「茶啦！」我對服務員展示個微笑。朋友們迷失在馬匹的賽績和賠率中。我很奇怪，有甚麼路數可捉呢？一隻畜牲騎在另一隻畜牲身上。跑出的或然率根本無跡可尋。餐桌上散滿投注電腦紙。失望的遺蹟。說說笑笑中大家又寄托在下一個偶或的機會。最大的享受是領取獎金時對自己眼光的肯定！

我望着高掛在牆上的螢光屏，看看賠率，然後走去櫃檯下注：「一拖三、九。每注五百元。」

「老闆！」一個妙齡少女詫異地望着我笑說：「認得我嗎？」

啊！這個高度發展的城市，人與人接觸頻密；忽然有人與你打招呼不足為奇，望着那張陌生臉孔，兩隻耳朵叮叮噹噹地掛着一雙輕巧的飾金耳墜，配上瓜子小臉，尖尖的下巴，一雙靈黠的眼睛，散發出友善而似曾相識的亮光，讓我拾回彷彿的記憶，可是又想不起哪兒見過，望着她懊惱了好一會兒。

「我是阿媚，標叔的細女。」為甚麼我一點印象都沒有？真是女大十八變，除了那眼神……她令我快速回帶到創業初期，我的印刷公司開設在中環蘭桂坊，街口是個小茶檔，早午晚的茶水便由它供應。檔主標叔，個子瘦小，與名字成為強烈對比得近乎「諷刺」，阿媚六、七歲吧！放學便出來幫父親送外賣。

印刷公司開在重建的唐樓地舖。樓上有室內設計師，時裝代理商，詩人攝影師李家昇在三樓，小街對面是的士高，青商陳漢鍾的平面設計室開在地庫。

「標叔好嗎？」我接過阿媚幫我打出來的投注。「兩年前走了……」她眨了下眼睛，神色平服中仍帶有絲絲傷感。「我明年在城大畢業。」她知我心裏想甚麼。這個早熟的孩子有着一雙水汪汪的眼睛。好啊！我默默為她喝采……

時移世易，蘭桂坊現在已成為了一條國際知名的酒吧街，每到假日晚上，就會見到大群中外年青人在此流連忘返，好不熱鬧。

我們早已遷離蘭桂坊。二十年來，見證着香港這個漁村怎樣發展成百花齊放的輕工業城市，再蛻變成國際知名的金融中心，這顆華洋雜處的東方之珠，回歸之後，仍然發光發亮，璀璨耀目。

「我明天上深圳，有個地產項目洽商。」友人見我下注回來問：「一塊上來吧！他們也要印售樓書。」

開閘的鐘聲響起，燈光亮白，我望出去外面的跑道，馬匹開跑了。白花花的草地。

一切不變都在默默地恆變着。

時間流逝中：馬照跑、舞照跳！

離開馬場，電車走過叮叮的街聲。一陣驟雨飄過。迎面低頭族不辨風雪。眼前的戰前舊樓，忽然跌了片小太陽的燈光在牆腳。碎了一地。

這個城市從來沒有停下來。

CCB

湯觀山　　攝

4／舊樓

香港很多舊樓，幾十年不斷拆建，無奈地少人多，即使填海造地，仍然是供不應求。

譚文泰的父親年輕時是三行工人。跑馬地、九龍塘、尖沙咀……很多洋樓他都有參與興建。他記得父親工作時間長，很晚才拖着疲累的身軀回家。有一次忍不住問：「爸，你建了那麼多屋，為甚麼我們仍然是住在破舊的唐樓？」父親沒答，以後就沒再問。譚文泰在灣仔唐樓出世、長大，結婚生仔。一晃就是幾十年。

「你阿爸這個人，就是這樣。有求於他的，從不說不。」媽常這樣說。

「朋友多，沒辦法啦！」懂事後知道，出來社會工作，朋友很重要。明白爸說的多個朋友，少個敵人的道理。

爸剩不下錢，因為樂於助人，也因為如此，所以不愁沒工開，那個年代謀生不容易。

譚文泰在他身上學會怎樣待人。父親不飲酒不抽煙、也不嗜賭，他不准譚文泰說謊，常說做人要守信用。開心時會用粗糙的手輕撫他的臉，有時又會拍拍他的頭。

「將來結婚生子，若是女的，記着叫她別嫁幹粗活的！」媽有時家用緊絀會埋怨，但譚文泰知道她是深愛着爸。

母親在他八歲時因病離世，兩年前父親也跟着過身。譚文泰唸完中學出來工作，在一家出入口公司當文員，婚後生了家熙，他自小就不用父親操心。考上港大，當了醫生，前兩年結婚。

「沒有自己的房子，不能算是個家。」小黃是小學同學，新居入伙，譚文泰是座上客。

「很舒適啊！」譚文泰與小黃在同一家公司工作。

「這屋苑有會所，基本設施齊備。」小黃說：「就是小了點。」

譚文泰幾十年幹了三份工，從小文員當上行政經理。小黃是營業經理，生意好的時候，收入比譚文泰多。

誰不想擁有一所自己的房子呢？若說心裏不羨慕是假話。選擇不買屋是為了省錢供家熙讀大學；小黃收入較高也是事實。

今天家熙新居入伙，當然要請爸爸媽媽吃飯，可惜譚文泰不願與他同住。

「熙仔，這房子蠻不錯，有眼光！」從露台望出去，是一片綠油油的山景。那片遼闊的天空是個夢，想不到清清爽爽的希望竟可成真！響亮的一聲鳥叫跌落那邊山林，卻看不見鳥兒的蹤影。悄然留下擴大的寧靜。

「嗯……」

「薄扶林這區好啊！」家熙媽說：「這裏也方便返醫院。」

「噢！爸……」家熙再也禁不住心裏的話，一臉真誠地說：「我想了很久，這幾年儲下的錢，勉強夠付新屋首期，供樓卻遙遙無期，」他頓了一會兒：「倒不如買下灣仔的舊樓。讓你兩老可以舒舒服服地安享晚年。」

「我和家熙還年輕，將來很多機會置業，爸媽住得開心最重要！」家嫂是個好女子，難得她的孝順。

家熙第一次帶她回來，他們就認定她是個好新抱，文文靜靜，與家熙在同一間醫院做護士。

譚文泰兩代都沒能力買樓，很想家熙婚後有個安樂窩，想不到他會放棄置業，令譚文泰湧起莫名的疚歉，四十幾年了，那唐樓入口窄小的梯間，剝落的牆壁，釘着散亂的電線。還有鐵皮做的信箱，破爛地掛在一隅，那熟悉的地方，以後將屬於他擁有，他撫摩着破牆留下了的時間，交錯着悲喜，眼眶一熱，便禁不住激動泛淚……

空間留下了的時間，交錯着悲喜，眼眶一熱，流出的淚是苦是甜？

湯觀山　攝

流動的椅子

一張椅子，
四百多個星期仍未被認領；
一個飄零的麗人，
八年了，不知該往何處扎根。
熱鬧的宴會是旅途上互相取暖的驛站，
但明日過後，誰能保證仍然駐足這片海岸？

流動的椅子

「誰可以幫忙，收留一張椅子？」橋本太太是個好客的人，經常高朋滿座；這天家裏又讌請三、五知己。

一張等待收留的椅子？大家不期然望着橋本太太滿臉苦惱的樣子，很想知道是甚麼一把椅子？用不着淪落到要人「收留」吧？……

「四百一十六個星期前，我在連卡佛買了張Designer Chair，」她頓了一會兒說：「今天他們給我來了個電話，問甚麼時候方便送貨？」

啊！衆人嚇了一跳。四百一十六個星期前買的東西，為甚麼今天才送貨？

「哪有這麼神奇的事？」當則師的米高終於忍俊不住問。

橋本夫婦住的不是甚麼小單位，他們沒孩子，這裏三房兩廳，面積二千五百呎，理應甚麼椅子都可以擺放，可是每次請客，都要清理房子，因為雜物太多。她酷愛藝術品，古今中外，見到喜歡的就忍不住買下來，日子久了，家裏成了個細小藝廊；根本挪不出多餘的空間，連四面牆壁也掛滿大大小小中西畫作，看得見的桌面，沒一吋地方沒擺上藝術品，還有各處旅遊搜購回來的奇珍異寶。橋本說每次宴客，都要清理一番，最少要留出點位置擺放食物吧？

「娶了這個老婆，自此沒立足之處，也不是今天的事！」橋本鬆了下肩膊，輕輕鬆鬆，難以想像他的包容。他是則師，太太是股票投資自由人，曾經有人問她，甚麼叫專業投資？她答得很簡單，無論你的資金放在哪裏，一段時間內，必須獲得應有的回報，做到了，就是專業！

那個叫白雲的老頭，瘦瘦黑黑，橋本太太說他是個從事印刷的詩人，還要寫的是新詩；坐在意大利玻璃餐枱前，穿着件粗糙蘇黃唐裝衫，一眼便看出不似中藝貨色，也不是上海灘出品，四個大口袋，很傳統的裁剪，闊闊大大，但仔細看去，才發現不僅手工精細，用料也講究；遠超於名牌成衣製作。

餐桌向着一葉小窗，飯廳左面貼牆放了張明式黃花梨長几(ref. 29)，橋本太太說這几子原來是塊寢榻踏板，油亮光滑，可想而知從前富有人家的奢華。她說床不知哪裏去了！找來一張普通的長几把它疊起來，就成了現在的樣子，當然上面也是擺滿了飾物。

「上好的花梨木產自海南省……」席間一中年男子沉着嗓子說。橋本太太介紹他是中大哲學教授曾啟賢，已故哲學大師殷海光(ref. 30)的徒孫，與兩年前去世的黃展驥(ref. 31)是同門師叔姪，寫過多本書，特別是探討哲學和宗教有精闢的見解。

他接着說：「黃花梨又叫降香黃檀，是一種生長極慢的植物，我對明式家具認識不深，剛望上去就覺造型不像炕几，現在才知原來是臥床的踏板。」

「每件留下來的物件，都會有個故事，」江南喃喃自語：「經過時間的淘洗，經歷比存在更有價值！」

(ref. 29) 明式黃花梨長几。明式家具被譽為世界家具的巔峰，而黃花梨材質的更被世人乃至皇室所鍾愛，其收藏價值不言而喻。一件明代黃花梨翹頭案在香港蘇富比春拍上以5438.012萬元成交創造了佳績，而明末清初黃花梨獨板架几式巨型供案更於北京保利秋拍以連佣金1.15億成交。

(ref. 29)

(ref. 30) 殷海光 (1919-1969) ，原名殷福生，湖北黃岡人。中國著名邏輯學家、哲學家，為台灣自由主義開山人物。曾師從於著名邏輯學家、哲學家金岳霖先生。西南聯大畢業後，進入清華大學哲學研究所，並曾在金陵大學(南京大學前身之一)任教。1949年後於台灣大學哲學系任教。曾任《中央日報》主筆。

(ref. 30)

(ref. 31) 黃展驥 (1934-2014) ，香港邏輯學者，曾師從殷海光。廣東省南海市人，自幼遷居香港。曾任深圳大學哲學社會科學研究所客座教授，並曾任教多所大專院校，講授邏輯學、謬誤學、分析哲學、人文科學等課程，同時從事學術研究和普及工作。出版著作有《思想的方法》、《謬誤與詭辯》、《中庸與詭論》、《自由之邏輯》、《思考的藝術》等。

(ref. 31)

來源：(ref. 28) www.sohu.com (ref. 29) www.yzzk.com/article/details (ref. 30) www.yzzk.com/article/details

橋本太太今晚的座上客，除去米高則師一對年輕夫婦，還有坐在左側淡出娛樂圈的電視藝員段姬，忘記她是哪年的入選港姐。米高與她不是第一次見面，只知道她是位湖南姑娘，來了香港八年，很難形容她的美麗，不像羞怯的鄰家女孩，也不是艷光四射的千金小姐。

「我經歷太多了……有時會讓人迷失。」段姬瞥了江南一眼，沒想到兩目相交彼此都輕輕晃了晃。對於江南，段姬似遙遠又接近的眸色，不知從前哪裏遇過？

看她臉上泛起那不經意茫然，是初春醒來的海棠？抑或午後甜睡的楊柳？懶洋洋的感覺，令人墜入迷醉的假日……

時間沒有距離，在某些人來說，忽然的一刻甚麼聲息都可以停下來。

風沙中不斷流浪的歲月。無始無終的岑寂會不會成了永恆？哭泣的駱駝。不知誰說起三毛(ref. 32)。閃爍的自由是流放不定的生命。

「我到過戈壁……小時候跟外婆住在上海。」段姬頓了會兒說：「離開TVB，剛好有份兩年合約在米蘭。」她從橋本太太手裏接過碟子，挾了隻冰鎮鮑魚，跟着遞給江南，頷首告訴他橋本太太的廚藝靠得住。

「三毛流浪，只是開始了一個沒有結局的尋找。」對於三毛的一生，曾啟賢說了句令人費解的結論。

最後大家的話題又從三毛扯到安迪華荷(ref. 33)的時候，米高太太衛凱澄搭嘴說：

「徐冰(ref. 34)到過我在三藩市的學校演講，座無虛設……」她是平面設計師，留學美國，曾為飲食集團和中資銀行、機管局等設計過多個出色的項目，得過不少大小獎項。她九〇年隨父母舉家移民溫哥華，在匹茲堡唸大學，再往三藩市攻讀廣告。在那裏邂逅米高，回港後結束流徙的學生生涯。

段姬接着說：

「他的字會說成壁刻的碑文，又不是符號學那種間接的傳譯，蛙王(ref. 35)的三文字，隨意加淘氣，見字如見人！徐冰嚴謹有度，以書法擬篆刻有其規度，結合漢語與拉丁字母的實驗創作，是個不可多得的藝術家。」

段姬有甚麼深深吸引着我們呢？要說，或者是那種從內心散發出來的氣質，文文靜靜地細心聆聽別人交談，不管誰發言，都報上淺淺微笑。偶爾也會答話，不慍不火，輕輕道來，沒有讓人感到在炫耀，確實她的多才多藝，才是最吸引我們的地方。

段姬不算沉默寡言，無論說甚麼話題，天文地理，去到一個突破點就會觸夢而醒，娓娓道出她的觀點與角度，恰到好處。

「徐冰無疑是個大師。」衛凱澄淡然笑說：「大師自有精闢之見！」

「一般書法家寫字工整，很少失手，所以沒有甚麼敗筆。」橋本雖然是日本人，但在香港長大，所以深受中國文化影響。

「畫家沒有這包袱，」白雲指指牆上的丁公畫作：「你看他龍蛇走筆，自由自在，所以仿他的畫易，仿他的字難。」

(ref. 32) 三毛(陳懋平,1943-1991),台灣當代女作家、旅行家。出生於重慶,成長於台灣,曾留學於西班牙、德國、美國,曾旅居撒哈拉沙漠。撰寫多部小説及散文,包括《夢裏花落知多少》、《撒哈拉的故事》及《傾城》等。

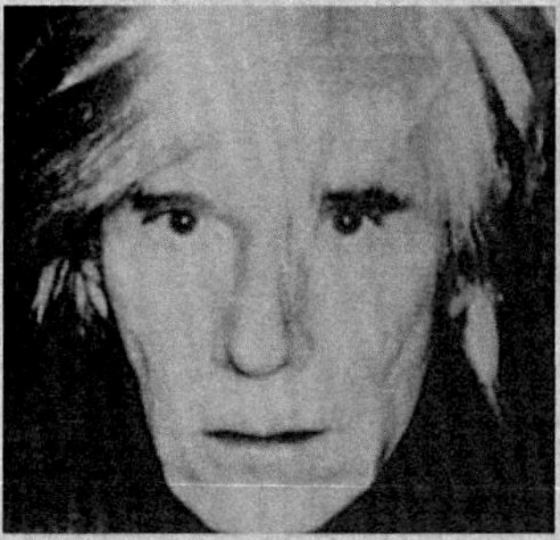

(ref. 33) 安迪·華荷(Andy Warhol, 1928-1987)生於美國賓夕法尼亞州匹茲堡,著名藝術家、印刷家、電影攝影師,為視覺藝術運動普普藝術的開創者之一。1970年代時蜚聲國際,名人明星委托其創作,並常在他稱為「工廠」的銀色工作室裏舉辦派對。他的作品獲多間博物館機構收藏,包括紐約現代美術館、斯德哥爾摩現代美術館、三藩市現代藝術博物館等。

來源:(ref. 31) www.hk01.com (ref. 32) theartpressasia.com

(ref. 34) 徐冰（1955- ）生於四川重慶，中國當代藝術家，現居北京、紐約，師從詹建俊、羅爾純和古元等名家，大部分作品皆與文字有關，如創造「英文方塊字」寫成《析世鑒》（又稱《天書》），以漢字形態書寫英文單詞。

(ref. 35) 蛙王（1947- ）郭孟浩為先鋒概念和行為藝術家，從事多媒體藝術創作，作品數千項，包括即興行為藝術到水墨畫、書法、塗鴉、雕塑、媒合媒介和廢物裝置等。

來源：(ref. 33) www.tokyo-gallery.com (ref. 34) artserene.blogspot.com

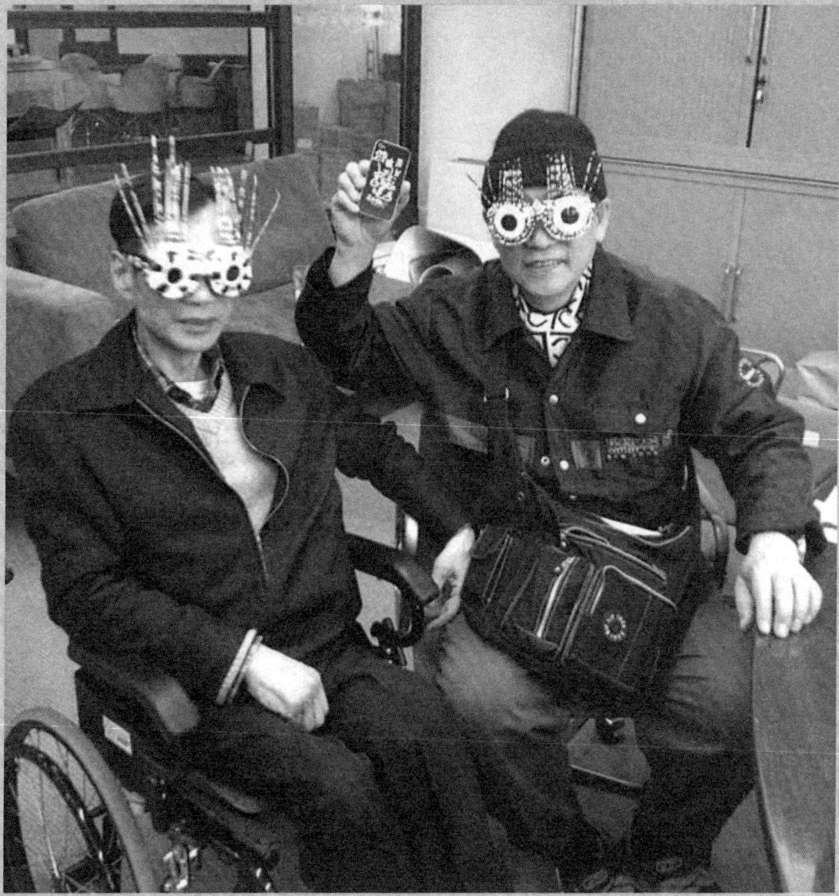

蛙王（右）與本書作者路雅（左）

客廳掛着多張大大小小畫作，其中不乏丁衍庸的水墨，望向右面是一對Spendor LS3/5A(ref. 36) 書架型監聽喇叭，外露的喇叭線一看便知是土炮，但粗如小蛇，是個識貨的選擇，橋本先生和太太不知哪個是音響發燒友？牆上掛着丁公另一張作品《貴妃出浴圖》。

那個叫江南的商人，從事電影工作，港產片一直走下坡，沒有人真正了解他做甚麼買賣，看上去年過四十的中年漢子。一副∞字橫置的溥儀金屬眼鏡架在扁平的鼻樑，背後是一雙深邃的眼睛，他坐在白雲對面：「丁衍庸學生眾多，九十年代我曾與莫一點(ref. 37)相交，他有很多丁公的畫。」

「是麼？我印過他的一本畫冊，是莫一點交來的。」白雲回應他說：「丁公寫畫快又喜歡贈畫，真真假假，現在坊間流傳的畫作很多。」

丁衍庸被譽為「東方馬蒂斯」，與林風眠、關良(ref. 38)素有「廣東三傑」之稱。他曾留學日本學習西洋畫，醉心野獸派及表現主義。返回中國後成為新藝術運動的支持者，積極推動西方現代藝術傳播。

丁衍庸一九四九年移居香港，繼續從事藝術創作及教學，至一九七八年辭世。

白雲在中國出生，九歲移民香港，算是個白手興家的小商人，今時今日，印刷已經是夕陽工業，根本沒有人入行。

橋本太太指着牆上的《貴妃出浴圖》說，那張畫是很多年前從拍賣行買的，現在都跌了價。

(ref. 36)

(ref. 36) Spendor LS3/5A，為了讓外勤廣播車能夠設置可供鑑聽人聲錄音的喇叭，英國廣播公司BBC（British Broadcasting Corporation）邀請Dudley Harwood（後來英國喇叭名廠 Harbeth 的創始人）領軍的BBC 工程團隊，將1970年研發的試作品LS3/5加以改良，成為編號 LS3/5A 的小喇叭，暢銷熱賣25年。雖停產已久，但至今仍受無數音響迷推崇。

(ref. 37)

(ref. 37) 莫一點（1947- ），廣東新會人，1960年遷居香港。1964年隨丁衍庸學畫，並開始治印及收藏古今書畫。曾撰寫多篇藝術評論，並出版、編輯多部畫集，包括《丁衍庸畫集》、《博雅十五周年紀念畫集》等，又在藝術學院（香港藝術中心）任教中國畫課程，多次舉辦個人畫展。

(ref. 38)

(ref. 38) 關良（1900-1986），著名國畫家、油畫家及美術教育家。筆名良公，廣東番禺人。早年留學日本川端研究所和東京太平洋美術學校。歷任上海美術專科學校、廣州美術專科學校、杭州國立藝專、浙江美術學院教授等職，曾任中國美術家協會上海分會主席。曾在上海、廣州、杭州等地舉辦個人畫展，常見主題有《西遊記》、《水滸傳》、《武松打虎》與《貴妃醉酒》等。

來源：(ref. 35) sthifi.com　(ref. 36) www.mokeden.com　(ref. 37) kknews.cc

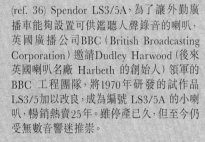

「丁公一生飄泊，死時沒一個家人在身邊……」段姬無限唏噓，可能她也感懷身世，孤單伶仃在香港，油然而生。

「人生就是如此，離離合合，」橋本太太想起她的 Clicquot Loveseat (ref. 39)，這張兩人對坐的椅子：「我第一眼看見就把它買下來！難得兩人相聚啊！」

「買到心頭好可遇不可求。」白雲慢條斯理眨了下眼，徐緩不急說。

「她八年前以八萬元買的美籍埃及人設計師Karim Rashid設計的椅子。」橋本頓了會兒補充說：「放在貨倉裏度過了一個悠長假期……」

曾啟賢教授喃喃低語：「它算不算幸福？可以匿藏在貨倉裏那麼一段長時間。」

白雲雖然國內出生，卻在香港長大，看盡盛世浮華，往事如煙，人老了記憶漸漸變得模糊，有時會迷失在匆匆來去中……

Clicquot Loveseat香檳情緣是一張二人的對坐椅子，中央還可以擺放香檳和杯子，試想涼涼水氣結成晶瑩珠露，綴滿刻上細花的銀酒桶。情到濃時，一個隨意的黃昏或晚上，愛侶輕輕一瞥……

「前幾個月佳士得拍賣，傅抱石(ref. 40)的一張小小的蘭亭雅集賣了超過三千萬不也是匪夷所思？」米高不以為意。「這會不會就是曾教授說的可遇不可求。」

「相對西洋畫，中國畫的售價不算貴了，」白雲回應說：「傅抱石的山水畫力透紙背，高山飄雨，飛瀑流泉。紙墨交融，引人凝神定睛，很易物我兩忘，把人扯入空靈的風雨飄搖中！」

這晚東西南北，無所不談，橋本拿出瓶山崎釀製的十二年日本「響」威士忌(ref. 41)，段姬不喝酒，橋本與米高杯來杯去，其實沒有人留意，喝得最多的竟是江南……

衛凱澄又輕責米高：「記着，你今晚還要開車！」

「少擔心啦！聖經不是說，耶穌(ref. 42)把水變酒？」米高說。

「對呀！李白(ref. 43)也說：呼兒將出換美酒，與爾同銷萬古愁！」橋本想喝酒，甚麼道理都會找出來。

段姬望着日本人的橋本和他中國籍的妻子。祖籍潮汕的歸僑米高與香港出生移民加拿大又回流的衛凱澄。從國內移居香港的白雲，還有土生土長的曾啟賢教授。

段姬不明白，在這城市生活的人每天營營役役，究竟追求甚麼？也許今夜之後，各散東西，沒有人會記起……

常見人說在人群中忽然發覺自己不屬於這世界，那種孤獨感，是否就是白雲說的不能預計的失落？因為寂寞到不知心放何處才是最悲傷的事。

「九十六個月，過得好快啊！」橋本太太低呼：「現在也應該是時候給它一個家。」不同背景的人，卻生活在同一小島，不是身不由己，只是不知何時才可歇息，像那張流浪的椅與行雲流水的白雲，還有曾啟賢的冷靜和理性。

三毛自殺，不是走不出茫茫沙漠，她走不出的是她自己的內心世界。

「誰找到地方安放椅子？告訴我。」大家都飲至酒酣耳熱之際，橋本太太忽然說。

追求原音可以永無止境，橋本先生說賣土炮喇叭線的老闆很識做生意，介紹你試用入門版三千餘元有交易，熟客介紹拿回家試完才付款，聽厭了可拿去換進階版，橋本先生說他現在正在使用的那套音響線材約一萬二千元，換了兩次，不敢再試新線，插上了就再拔不出來。

也虧香港人想得到，用電腦訊號線傳高頻快而準，中低音用6N銅。甚麼是6N銅？99.9999%純銅！黐線！再包上厚厚的絕緣物質，減低阻尼系數，阻隔干擾。

美好生活不僅反映於文化，規劃中的野性，才無礙彰顯美善，人與人的真誠交往是生命最閃亮的時刻！

橋本太太是連卡佛的常客，當年買了椅子，送抵家時發現安放不下，只好拿回倉庫暫放，想不到一放就是八年！每人都有自己的奔途，只是明天誰帶領我們走出紅海呢？生命中太多未知的因素，無涯漂泊似乎是居住在這小島上的人命定了的未來，前面是遙不可及的彼岸。

像每個聚會一樣，總有完結的時刻。時間到了，各人自會各自歸家，只有江南，從來沒有人知道他來自何方？

(ref. 39)

(ref. 39) Clicquot Loveseat，Karim Rashid 特意為Veuve Clicquot酒莊設計Loveseat雙人椅。靈感源自指環，扶手椅重新設計成仿如兩片花瓣，中間位置則設有香檳冰桶。

(ref. 40)

(ref. 40) 傅抱石（1904-1965）原名長生、瑞麟，號抱石齋主人，生於江西南昌「新山水畫」代表畫家。早年留學日本，回國後執教於中央大學。1949年後曾任南京師範學院教授、江蘇國畫院院長等職。代表作有《山陰道上》、《鍾馗》、《屈原》、《江山如此多嬌》等。

(ref. 41)

(ref. 41) 山崎十二年「響」威士忌，2009年推出的調和威士忌，由三得利旗下山崎、白州麥芽原酒及知多蒸餾廠豐富的穀類原酒，調配過程更使用象徵三得利的創新「梅酒桶後熟原酒」及堅持傳統的「30年以上熟成原酒」糅合而成。

來源：(ref. 38) senatus.net (ref. 39) m.thepaper.cn (ref. 40) www.plus9.tw

(ref. 42) 耶穌基督（約公元前4年-公元30年或33年）又稱「拿撒勒的耶穌」，東正教譯為「伊伊穌斯」，唐朝景教譯為「移鼠」或「翳數」，是公元1世紀猶太傳教士和宗教領袖，基督教的中心人物，生平主要記載在《新約聖經》的四福音書。

(ref. 42)

(ref. 43) 李白（701-762）字太白，號青蓮居士，中國唐朝詩人，享「詩仙」、「詩俠」、「酒仙」、「謫仙人」等美譽，活躍於盛唐。

(ref. 43)

來源：(ref. 41) www.newton.com.tw/wiki (ref. 42) www.hk01.com/ 藝文中國

花道與茶藝

茶藝、花道，各有其規範，
卻又最能見出獨到的個人性情。
瓶口上的花固然引人注目，
瓶口下的世界不也能喚醒無窮的想像嗎？
一瞬的美，一瞬的滋味，
一瞬的震撼與妙悟，連攝影也捕捉不住！

段姬有着把長長秀髮，身上簡簡單單一襲便服，米黃色繡碎花上衣，襟頭扣着枚造工精細，金光閃閃的金花蝴蝶別針，下身配以深藍色直身裙，剛好蓋着足踝，露出小小的鞋尖，文文靜靜。

這位入選港姐的湖南姑娘，曾經當過電視藝員，偶爾也拍些廣告。不經不覺來了香港，已經三年八個月了。

她看見我們，漠然抬頭；那刻凝眸像從夢中回來，澄明目光帶着偶爾迷惘……

我們準時到達橋本太太家，菲律賓傭人引領我們進入客廳。才剛進門就看到裏面已有客人比我們早到。三男一女，一看便知是受過高深教育的人士。

橋本太太招呼我們坐下，朝着段姬說：

「段姬以前是TVB藝員，現在是我學插花的同學。日式插花結構簡約、綫條明快！與西式插花的花團錦簇，大相徑庭。我享受的是過程。」

橋本太太跟着把目光投向我們這邊，我與內子禮貌地向段姬和其他人點了下頭，「米高是則師，凱澄從事平面設計，米高的太太，你們應該見過面！」她最後一句話是朝着凱澄說的。

客廳L型地擺放着兩張長梳化，我們背牆坐下，面向飯廳，前面一張北歐原木茶几，設計簡單俐落，方正的茶几中央放置着一件朱銘(ref. 44)的太極銅雕，造工嚴謹，造型粗獷明快。

「日式花道精神，以簡潔綫條表達天、地、人的合一。」段姬幼幼的聲綫，很能配合她皮膚細嫩的臉容，迷濛眼神輕盈淡定，「聽說花道是源自中國隋朝的佛堂供花。」

「噢……是嗎！」我真的意想不到，原來日式插花是出自宗教裏的供奉儀式。

「傳到日本後衍生了各種流派，並成為修養身心的重要文化。」內子忍不住搭嘴，她竟然對花道也有點認識。

客人中一個四十餘歲的中年男子，頭髮整齊光亮，口面寬闊，扁平鼻子上架着一副溥儀眼鏡，但掩蓋不住雙目炯炯有神的智慧。兩頰皮膚柔潤，細看可見暗埋的鬚根。那人身材魁梧，從身旁走過散發出淡淡的古龍水幽香，一身衣着既懷舊又簡約，最

(ref. 44) 朱銘 (1938-)，本名朱川泰，台灣苗栗縣人，雕刻藝術家，天主教輔仁大學名譽博士。其作品融合傳統木雕與現代雕塑的特色，早期作品發揮鄉土主題，如《牛》、《牧童》，近年嘗試新媒材，多元利用陶土、海綿、銅、不鏽鋼、保利龍等材料創作。

來源：(ref. 43) artouch.com/people

特別是帶着那永不褪色的古代氣息。

另一個年近七十的老人家，向我們微微點了下頭，似乎對橋本太太的藏品很感興趣，站起來跟我們打過招呼後沒坐下，走去飯廳側細看掛着幾幅丁衍庸的水墨。

「丁公去過日本留學，但他學的卻是西洋畫。」老人一邊欣賞丁衍庸的雙鶴圖，一邊沉吟。

「這位是白雲老師，從事印刷出版生意。」經橋本太太介紹我們才知道老人是個詩人，是她朋友中的稀客。跟着朝客廳另一方向說：「那兩位是江南先生和曾啟賢教授。江先生從事電影工作，曾先生是哲學教授，任教中大。」

沒有人知道江南的真正身份，連橋本太太也一無所知，只知道他是個電影工作者，究竟拍過甚麼電影？有否賣埠？市場在國內還是東南亞？一概不知。

江南於我有點面熟，噢！記起了原來在一次招商會上見過他；遠遠地站在一隅與幾個貌似國內人的交談着。

當時橋本太太說了幾句有關他的甚麼，現在已記不起，閱人那麼多，可能她也忘記。

是啊，我在何時何地見過他呢？段姬一臉茫然地望着江南，想了又想，總是毫無頭緒。那點熟悉的感覺好遙遠……

這以後我們就不再深究他從哪裏來，其實偶然相遇，何必尋源？

「每個人都有一個角色，分不清夢中還是真實世界。你有你的、我有我的、在不同時空，各自扮演自己……若然有幸同場，或許那就叫緣份吧！」比我們早抵的曾啟賢教授，從一套荷李活電影《緣份的天空》扯到政治：「美國總統特朗普是個出色的演員，他策劃的即興劇，從沒偏離故事大綱。」

哲學家看人生和政治，有其獨到之處。好一個沒有偏離故事大綱！

此君打扮給我們非一般學者的感覺，筆挺西裝外套，裏面是潔白襯衫，沒結領帶，卻配上藍白細花絲巾，柔滑輕軟，質料上乘。

「曾經前往京都作文化交流，沒會開的時候，一個日本朋友招呼我前往品嚐茶道。」曾啟賢說：「喝茶的地方建在半山，風景怡人，男女服務員都穿上傳統和服，茶室席地而坐，向着優美的日式庭園。」

「日本茶道講究禮儀，其中蘊含深遠文化精神。」白雲說：「喝茶的茶室，以至主人和客人的禮儀也有指定的規格與程序，表現出對精神沉澱的高度重視！比如說進入茶室的門口開得特別低，進去必須躬身而入，表示其謙虛！」

說到喝茶，我與凱澄留學美國，多喝咖啡少喝茶，一句也搭不上嘴。

「日本茶道源於中國，而中國茶藝經歷多個朝代演化，於各時代、各地域又發展出不同風格的茶藝，因此不同類型、流派眾多。」段姬年紀輕輕，學識淵博。跟着解釋中國喝茶文化包括製茶和飲茶。作為開門七件事，飲茶在古代是非常普遍。茶藝儀式化，以瀹茶法為例，可分為煮茶藝、煎茶藝、點茶藝、痷茶藝等，各大類中又可依茶具、品飲方式、精神思想等再分為小類。同樣的技法用於各流派中又產生不同的變化。

當我們東拉西扯閒聊的時候，江南卻在身邊默默拍照。作為電影人喜歡拍照理所當然，令人側目卻是他攜在身邊那部相機，行外人也看得出是非一般的機械菲林機，雖然不知Leica M3(ref. 45)甚麼來頭。

「江先生果然是個識機之人，這部古董機不簡單喔！」剛巧我客人中有一攝影發燒友，他告訴我托陳烘相機花了好一段時間，靠點運氣才找到一部。當然也不及這型號。

「我很難忍受數碼機對光影表述的冰冷，菲林那種溫暖感覺，沒有甚麼可以代替！」

「江先生的感受，我是深深明白，曾經聽過日本無雙真古流傳人佐野珠寶(ref. 46)講述花道，我覺得她示範時很有禪修的味道。」段姬繼續說：

「一般人認為插花就是要令到花瓶上面的花好看，但她表示真實的世界卻在花瓶口以下，只要根基做得好，上面的花材就會自然顯現。這跟我們一般的想法很不一樣。她開始插花的時候是先打坐，然後看着瓶口，一直沉思冥想到感覺差不多才開始。過程中也會觀察花瓶上面的花材，但她的集中力主要都是放在瓶口。」

佐野珠寶是日本神戶人。以畢生事花，二〇〇四年入銀閣寺首任花方。

「你呢？你為甚麼會走去演戲？」凱澄朝着段姬問，再轉向曾啟賢：「如果生命是個早已編寫好的故事，偉大和渺小是否已失去意義？」

曾啟賢吃着一尾酥炸鳳尾魚，做這平價小食，現在已經很難找到新鮮的小魚了。

「你累了的時候，會做甚麼？」沒想到段姬沒有答她的問題，卻轉去問江南。

「喝茶。」曾啟賢幽默地答。江南來不及回話。

哈哈，好……就喝茶去！大家在連串沒答案的問題後，異口同聲。

「Marina，茶泡好了沒有？」橋本太太向着廚房大聲呼喚。

菲律賓女傭跑出來，捧着托盤，上面盛着一個黑越越的日本生鐵鑄造茶壺，最惹人注目是幾隻薄胎彩繪小杯子。

「啊！十二花神杯(ref. 47)！」白雲驚叫起來。

「對，十二花神杯。」橋本冷靜地回應。

「這是從宮中出來的工匠造的，並非正式的官窰所燒。」橋本太太補充說：「每隻造工都欠少少，就是那少少區分了官窰和民窰。」

「創作最高境界就是忘我！掌握高超的攝影技巧是忘記手中的相機……」江南頓了一會，徐徐呼吸說：「攝影重要的部分，在於看不到的部分。甚麼都得用心去看，因為鏡頭做不到。沒有瓶口下面的世界，花材也做不到。」

作為一個視覺藝術工作者，自然而然覺得，一件作品必然要經過選取角度並配合全方位的不斷調整，才可能達至完美。

(ref. 45) Leica M3，1954年於德國開始生產，是世界首台以刀口式（Bayonet Mount）設計的相機，其優點是能快速更換鏡頭，方便用家使用不同焦距鏡頭。使用「雙撥」設計有助減輕過底片時機械的負荷，更快捷又能減少斷片機會。並且上片方式改為背掀式，方便上片及確保底片能夠捲上底片軸。

(ref. 46) 佐野珠寶，日本著名花道師，無雙真古流花道傳人，法號珠寶花士。於2004年入慈照寺（俗稱銀閣寺）為首任「花方」負責人。2015年離寺，且開設「青蓮舍」以專研花道，於東京、九州等地開班教授花道，更受日本外務省邀請，向海外地方宣揚文化。

來源：(ref. 44) meteor.com.hk (ref. 45) www.buddhistdoor.org

段姬補充，被觀眾360度環繞的佐野珠寶，從頭到尾都跪在原處，雙手前伸，視線平直，沒有將花盆旋轉過一點角度。她手中的花藝，卻無論從哪個角度看都是立體的、完美的。段姬複述她聽講座的感受，迷夢的眼神中，仍可感受到她深深的戀慕。

江南一面泡茶，一面給我們詳細地講解花神杯，間中曾啟賢教授也補充兩句，想不到一隻小小的十二花神杯，裏面竟然蘊含那麼多學問。

清朝康熙年間青花五彩十二花卉紋杯。除青花五彩之外還有青花品種，雍正、嘉慶、光緒、民國均有仿製。十二花神杯十二件為一套，一杯一花，腹壁一面繪畫，另一面題詩，詩句出自唐詩。

「這套十二花神杯，是宮庭內飲酒行樂之時按月使用。有其時序。」白雲說：「湊夠一套非常困難，拍賣會上偶然出現三兩隻，未必是你所欠的，據說香港藏家中有人擁有一套，那便是徐展堂(ref. 48)先生。」

「是啊，偶然出現的，未必是你所欠的！」段姬不無感慨地說，又再幽幽凝眸，如春夢初醒的彩蝶，剛破繭而出，怯生生地抖動雙翅……如果萬物皆空；她有甚麼虧欠呢？

大家沉默了一會兒……

「中華文化之茶藝，不但包含物質文化層面，還包含深厚的精神文明層次。」白雲說起茶，滔滔不絕，「唐代茶聖陸羽(ref. 49)的茶經在歷史上吹響了中華茶文化的號角。從此茶的精神便滲透入宮廷和民間，還深入詩詞、繪畫、書法、宗教、醫學，幾千年來中國不但積累了大量關於茶葉種植、生產的物質文化，更積累了豐富的有關茶的精神文化，這就是中國特有的茶文化，屬於文化學範疇。」

對於一個寫詩的人，他對飲茶文化的認識，我們一點也不感詫異，想不到他也是泡茶高手，一輪韓信點兵後，白雲把他拿來送給橋本夫婦的那包「老闆茶」已沖至第三泡，只見茶色晶瑩通透，清香撲鼻，小杯子端在手裏，暖暖的茶香令人感動。

「這是甚麼普洱？茶色清透，甘之若飴，純滑不帶乾澀！」曾啟賢細味品嚐說：「好茶！」

接過凱澄遞給我的小杯。所謂水滾茶靚，我呷了口，很難說出那種細滑甘芳的感覺。

「茶商會把上品的茶葉留作自用，謂之老闆茶，這是十八年的生普洱，乃友人所贈。」白雲說。

「我以前聽人說漁民會把好的魚穫拿去市場賣，自己吃那些賣不起錢的小魚。現在聽白雲老師說，茶商把最好的茶葉留給自己享用，可見行業之不同，賺錢的能力有多大分別啊！」凱澄感慨地說。

人的際遇，幻變無常，出海的漁民常要面對狂風巨浪，「我們做室內設計的就常常聽見裝修工人埋怨，地盤開工就立刻封上密實圍板，盡量不要影響鄰居，冬天還好一點，夏天就滿身大汗，到工程完竣，可以開冷氣了，就是他們退場的時候……」從際遇說到不同行業，我也有同感。

(ref. 47)十二花神杯乃康熙二十五年景德鎮御窯廠為宮廷燒製的一套生活用瓷——「十二花卉紋杯」，第一次把「詩、書、畫、印」在同一器皿上並用，每隻杯上繪一種應時花卉，指代歷史上的著名女性，並題上相應的詩句，慣稱「十二月花神杯」。

(ref. 48) 徐展堂 (1940-2010)，江蘇宜興人，香港實業家、慈善家及收藏家，享「古董大亨」的美譽。歷任港事顧問、香港特區籌委會預備工作委員會委員、籌委會委員、第一屆政府推選委員會委員，獲頒香港特區政府金紫荊勳章。

(ref. 49) 陸羽 (733-804)，字鴻漸，一名疾，字季疵，自號竟陵子、桑苧翁、東岡子，又號茶山御史，唐朝復州竟陵（今湖北天門市）人。著有世界第一部茶葉專著《茶經》共三卷、十篇，被譽為茶聖，奉為茶仙，祀為茶神。

來源：(ref. 46) www.sohu.com (ref. 47) new.qq.com (ref. 48) www.cunman.com

那晚我們暢所欲言，無所不談，很久沒有那麼開懷吃喝，所謂天下無不散之筵席，直至酒酣耳熱，大家預備收拾心情歸家的時候，總覺還欠點甚麼……

「很期待可以看到江南先生拍的照片！難得的一個晚上。」凱澄是個唯美主義，連我都想先睹為快。但菲林要沖曬後才看到啊！

「這還不容易？」江南鬼祟地笑說，把那部135相機拿過來，反轉機身隨手就打開機背，動作徐緩不急，出人意表，有女士忍不住急叫起來！這不白費心機？菲林都走光了！令人更意料不到的，相機打開，空空如也，竟然沒有裝上菲林！

「相機捕捉到的只是光影，留不住記憶，不拍也罷！美好的時光，只有真誠相待，才可以永遠留住。」江南的說話令我想起他拿着相機，整晚默默穿梭在我們談話中，細心選取拍攝角度，他的認真，我們沒懷疑。

相信過了十年、二十年……江南那晚的幾句話，我們永遠都不會忘記。也許他只是想藉着相機，告訴我們，他是如何珍惜能共聚的一夜。

編輯製作小組

路雅（小說作者）

路雅原名龐繼民，1947年出生，現為印刷公司董事。致力推廣文化活動，策劃多場大型詩畫籌款展覽，包括「活」、「融」、「源」、「旦」及「岸」等，獲藝術發展局頒發「香港藝術發展獎・藝術推廣獎」。曾任《詩雙月刊》、《詩網絡》編輯，著有詩集《活》、《生之禁錮》、《時間的見證》、《秘笈》、《我不能承受過量的憂傷》、《劍聲與落花》、《隨緣》、《隨圓》及《廖東梅畫集——真我顏色》，散文集《但雲是沉默的》、《七葉樹》（合著），小說集《風景習作》及《流動的椅子》等。

湯觀山（攝影）

名銜：F.CPA, Hon.ECPA, Hon.CPA, F.GPC, MH.GPC, APSHK。

攝影藝術愛好者，從事印刷行業數十年。八十年代初，跟隨攝影名家馬鈞洪老師學習攝影藝術，掌握黑白攝影之影、沖、放技巧。現時運用數碼攝影及電腦軟件，結合黑房技藝概念，獲多個國際沙龍及公開攝影比賽獎項，並多次獲邀擔任各攝影學會課程導師。

葉甦（攝影）

出生於香港，成長於澳門。中學畢業後，回港投身文化界，初在明報機構雜誌作見習助理。半工讀理工設計，師從靳埭強。後轉投身工業，赴笈澳洲完成會計師及市場管理碩士學位。九十年代初分別在海外及香港上市公司當營運官，涉獵食品、玩具和嬰孩用品製造業，由最初報業工作轉行製造，工作四十多年，直至2015年退休。喜愛美術設計、書畫欣賞、旅遊和攝影。重拾墨趣和光影，寄情山鳥湖泊間，以舒心懷。現為香港中國美術會會員、香港玩具協會執行委員會成員。

余境熹（主編）

《紙情》、《刻意》總編輯。著有《漢語新文學五論》、《截竹為筒作笛吹：截句詩「誤讀」》、《詩路漫漫三十年：劉正偉作品論述》、《卡夫城堡：「誤讀」的詩學》、《二行天地的神會與言詮：華文俳句評論集》、《青林果熟星宿熟：落蒂新詩論集》、《五行裏的世界史：白靈新詩演義》、《甘党女子：姚時晴〈曬乾愛情的味道〉隨想》、《文藝．自然．哲理．愛情：落蒂新詩論集續編》及《傳統的回首與現代之共鳴：沙白新詩論述》；主編《島嶼因風而無邊界：黃河浪、蕭蕭研究專輯》、《追溯繆斯神秘星圖：楊寒研究專輯》、《詩學體系與文本分析》、《婕與俳的迴旋之舞：秀實、洪郁芬專輯》、《截與閃的焯爍之光：白靈、王勇專輯》、《當代臺灣詩選》及《英語筆欄》；發表論文逾百，獲研究及創作獎三十餘項。

陳俊熙（特約編輯）

香港中文大學英文學士，倫敦大學學院考古學碩士，專攻亞洲考古及文化遺產。任職博物館研究員。撰有歷史、文學、民俗學、博物館學文章，見於《刻意》、《紙情》、《香港書評》、《歷史：覆蓋、揭露與淨化昇華》等。

余城旭（責任編輯）

香港大學中文學院畢業，《刻意》藝文誌副總編輯。撰有詩、詞文論，見於《刻意》、《紙情》、《秋水》等，編著《青林果熟星宿爛》、《文藝・自然・哲理・愛情》及《甘党女子》等。

王務樺（責任編輯）

筆名鼻鼻狗，畢業於香港中文大學商學院（一級榮譽），現為中文導師及網誌作家，喜歡周遊列國，足跡遍佈歐洲十一國，亦曾挑戰全球第三高的「笨豬跳」，是一位富冒險精神的浪漫主義作家。曾獲全港青年中文故事創作比賽（公開組）優異獎。

顧嘉鏗（責任編輯）

《刻意》藝文誌發行人，研究專長為口述歷史，編有《五行裏的世界史：白靈新詩演義》、《傳統的回首與現代之共鳴：沙白新詩論述》等。

李沛廉（責任編輯）

李沛廉，女，香港城市大學中文碩士，現任出版社編輯。撰有涉及文學、文字學、圖書館學等範疇之文章，見於《蒲松齡研究》等刊物。編有《傳統的回首與現代之共鳴：沙白新詩論述》等。

林懿秋（責任編輯）

原名陳偉廉，另有筆名夕下。現為出版社編輯。創作新詩，撰寫詩評為主，偶寫粵語歌詞評論。作品散見於《虛詞》、《聲韻詩刊》、《小說與詩》等。另編有《傳統的回首與現代之共鳴：沙白新詩論述》、《被窩裏的蛇》等。

Gin Wong（美術設計）

曾於廣告公司及拍賣行任職。現為自由人，參與不同大型活動生產及書刊設計。喜歡嘗試不同事物，近來喜歡書法，了解字體在不同文化背景和歷史下的變遷。

Gary Tsang（製作助理）

《刻意》第二期及第三期、《當代臺灣詩選》、《甘党女子：姚時晴〈曬乾愛情的味道〉隨想》、《沙白新詩論述》書刊設計。

接收延緩的美學

路雅小說〈賣詩的老人〉

一、引言

路雅（龐繼民，1947－）將其經營的「柯式印刷有限公司」比喻為「迅獵者」，以「精、準、快、不容有失」為理念服務顧客，有着「習慣挑戰時間」的高效率[1]。然而在放慢步調創作文學時，路雅銳意減緩讀者的接收速度——若以俄國形式主義的理論來說，此即「把形式艱深化，從而增加感受的難度和時間」[2]。

二、接收的延緩

以路雅〈賣詩的老人〉為例析說，可發見作家經營文本的諸多巧思。〈賣詩的老人〉以詩藝精湛的白雲為主角，他年輕時寫專欄、雜誌、電台稿，後來因經歷了「三段刻骨銘心的愛情」，棄筆從商逾三十年，專力在工廠大廈發展生意，期間曾短暫與文藝青年杜明建立起鮮少談詩的師徒情誼。

（一）變動不居的觀察者

〈賣詩的老人〉共分九章，除了安排較常見的非線性時序之外，路雅更刻意在各章變換主要觀察者，從不同角度演繹白雲這個人物，令讀者需要一再適應，因強烈的「奇異化」（defamiliarization）效果而延緩了接收的時間：

	章節	主要的觀察者	白雲
一	「賣詩」	一般途人	他
二	「秘密」	送走朋友的人	他
三	「祭詩」	外部敘述者	他
四	「詩神」	外部敘述者	他
五	「求詩」	杜明（他）	他
六	「詩館」	杜明（你）	他
七	「詩道」	白雲	我／你
八	「他為甚麼不再寫詩？」	外部敘述者	他
九	「送走的人又再回來了」	老婦	他

從列表可見，路雅是先借途人之眼，為讀者帶出「賣詩的老人」白雲的初步印象；然後某位送走朋友的人因看了白雲詩作〈離別〉，深有所感，想掏錢買詩時，白雲卻直接把作品贈予他，這裏讓讀者認知白雲的詩藝，也略略窺見其性格獨特的一面。

但接下來，路雅雖然繼續發揮白雲難被理解的個性，卻是撇開了先前的別友者，先由外部敘述補充白雲焚稿和入住精神病院，到第五節又換上杜明，要求讀者重新熟習觀察白雲的視角。不僅如此，第六節的杜明復由第三身的「他」轉為第二人稱的「你」，第七節輪到白雲交代回憶，也是以變焦的「我」、「你」兩種方式進行。小說第八節交棒給外部敘述者後，第九節則峰迴路轉地讓當年的三位情人之一登場，去看在鳳凰樹下賣詩的白雲——整篇小說的切入角度變化不迭，讀者因而需慢下來咀嚼，不易跌入自動化接收的窠臼。

（二）不可靠的敘述

如果單單是換置觀察之人，小說的延緩效果可能還不至臻於化境。更進一步，路雅在〈賣詩的老人〉中製造了不少看似矛盾的情節，使得觀察者的敘述不完全可靠，這便將讀者驅進「羅生門」式的困惑裏，大大增加了思索、解謎的難度。

從細部舉例，「詩神」一章的詩人是需要「吃藥」的精神病患者，這使人深深懷疑該章前面的內容（「詩神」之作廣泛流傳、風靡眾生，甚至引起中央教育部的科研關注）[3]；路雅在「他為甚麼不再寫詩？」一章敘說了白雲的三段戀情，然而該部分另添「後記」，補充道：

> 很多人以為這是賣詩老人年輕的故事。的確，那是幾十年前的事了；不過⋯⋯上面記述的，都是一些零碎的過去，有人說是來自日記，但更多人相信那是臆造出來的謊言！

「日記」所錄的「過去」應該是較接近真實的，「臆造的謊言」則純屬虛構，兩者矛盾，加上欲言又止的「不過⋯⋯」，足以推着讀者兩端擺盪，不知道該不該相信白雲所謂的戀愛回憶。

據章與章比較，讀者又能看見路雅對邏輯學的「不矛盾律」有所挑戰。白雲在第一、第三章被形容為「只因他仍活着」，便會「每天」在公園的空地賣詩，持續「有三、四十年」之久；然而在「求詩」部分，白雲被說成已「封筆三十年」，「詩道」也說他「不寫不讀三十年」、「為了生意，放棄寫作」，這些都跟寫詩不輟的「賣詩的老人」截然不同。另外，「詩館」一章提及白雲逢星期二、五「朝十晚八」地待在工廠大廈，接受約晤，此亦與「賣詩的老人」黃昏時必定在公園販詩不合。

可是，白雲和賣詩老人明明就二而為一，讀者應如何彌合這中間的裂縫，以了解那似乎被「永久壓制」、不和盤托出的訊息[4]？動用想

像：賣詩老人會是白雲所創作的人物嗎？抑或倒轉，白雲是賣詩老翁詩中的角色？又或者，白雲和賣詩老人是活在平行世界的同一人，前者棄筆從商，有了生意上的成就，而賣詩老人則是一心醉倒在文藝這「無星的夜」，卻「沒有人看見那些詩賣出過」。相續不絕的猜測，適正令讀者的接收產生延宕。

（三）留白

除了不可靠的敘述外，〈賣詩的老人〉尚有多種留白的招式。

其一，是刪除細節。例如杜明師從白雲，但路雅強調他二人很少聊詩：「天南地北，甚麼都扯到，可是一直就沒有再提到詩。」小說明確寫白雲教杜明的，只有：「別問我怎樣才寫到好詩，首先，要做好一個人」。白雲的教學有何玄機，自然需要讀者反覆揣摩。三年後，杜明有成歸來，向白雲報告自己得了聯合出版社的「桂冠詩人獎」，可是白雲問起他最近有沒有新作發表時，杜明卻答道：「老師，詩寫不寫已不重要了，發表隨緣啦！」杜明何以有這種心態上的轉變，這種轉變和「做好一個人」有何關係等，小說均未作補述，需要讀者自行體會。

與之相應，白雲的詩觀常常蒙上一層神秘的色彩。他教杜明寫詩要先「做好一個人」，但如何算「好」、具體要「學」的事路雅都未代為講解。更特別的是，白雲以「賣詩的老人」這一身分在街上出售作品，但每當有人喜歡他的詩，想花錢買時，白雲就會說那是首寫壞了的詩，不能賣人。那麼，為何詩有人看中了就成為寫壞了之作？如同小說所云：「這秘密，從來就只有他一人知道。」讀者要鑽破白雲的「秘密」，當然也需大大調動腦力了。

最後，小說的終章寫白雲的一位舊日情人「滿頭蒼蒼白髮」地歸來，路雅卻有意隱瞞她的真正身份——她是和白雲走在雨中的浪漫女孩嗎？是帶白雲到音樂廳的少女？還是得過絕症又奇蹟地醫好了的女

生？小說寫道：「這秘密連賣詩老人也無從得知，因為他患上了腦退化症。」又說：「她是誰？相信這將會是永存於世的秘密了。」由此可見，路雅故意設置空白，以之為催化劑，逗引起讀者的諸般想像[5]。

（四）詩化的語言

路雅著有《活》、《生之禁錮》、《時間的見證》、《秘笈》和《劍聲與落花》等詩集多部，聞名騷壇。其詩心流注小說紙頁，便鋪演成許定銘（1947 － ）所稱之「詩小說」風格[6]。

在〈賣詩的老人〉中，詩性書寫隨處可見，當中除卻兩度插入〈離別〉：「這雨後的禽鳴 / 碎落北窗 / 雲煙往事 / 化成一山的綠」，最精彩的部分當屬白雲對昔年三位情人的回憶。寫到第二位時，路雅用的文字是：

> 在雨中要他伴着的女孩，說要與他走在一生一世的長夜。欲在他的夢裏埋下一把長長黑髮的玲瓏，他的臉像微風靠入了她溫柔的脖子，可是一臉嫵媚的銀夜，怎也照不進他自卑的窗扉。

以內容論，這數行有着富含隱喻色彩的「長夜」、「微風」和「窗扉」；就語感說，具浪漫氣息的「雨」、「夢」、「玲瓏」和「銀夜」加上「溫柔」、「嫵媚」等詞，再配合有節奏的三字句尾「的女孩」、「的長夜」、「的玲瓏」、「的脖子」、「的銀夜」、「的窗扉」，能夠營造出一唱三嘆的婉約之美、音樂之美。

類似的例子是寫白雲第三位情人的部分，後者因絕症撒手塵寰，「賣詩的老人」在心底吶喊：「把夜賣給海洋罷……微光啊，我終於看見你的缺口！即使他能付出整個花城的代價，也換不回春季的鳥鳴。」以具象可感的「夜」、「海洋」、「微光」、「缺口」、「花城」和「春季的

鳥鳴」來寫白雲希望幻滅、陷進悲慟情緒中，給讀者更廣闊紛繁的聯想。

鮑里斯・托馬舍夫斯基（Boris Tomashevsky, 1890 － 1957）曾着意區分「藝術語」和「實用語」，並指前者有「對表達的高度重視」，能令讀者「不由自主地感覺到表達」，從而放緩接收速度[7]；戴維・米切爾森（David Mickelsen）所論相近，曾直指詩化的、優雅的敘述文字能誘使讀者浮想聯翩，從而大幅減緩閱讀，甚至「在文字意義上『不能閱讀』」[8]。這些文藝理論，俱可為〈賣詩的老人〉以詩性筆觸延宕讀者感知作一注腳。

（五）外互文性

羅蘭・巴特（Roland Barthes, 1915 － 1980）曾指出，文本乃是容納各種非原始寫作的多維空間，是由各種訊息、回音和文化語言交織而成的[9]。因此在閱讀時，愛書人的腦袋或會聯繫起先前的文本，且流連於記憶之海，使得對眼前篇章的感知過程大為增加，足以延緩其審美的時間。

路雅在〈賣詩的老人〉中安排了不少容易引起聯想的段落，就「外互文性」（extratextuality）而言，這包括劉伶（約221 － 300）嗜酒的歷史典故[10]，以及詩學理論如「詩非言志」[11]、「後現代主義」和類近「作者已死」[12]的「詩出來了，自然有自己的生命，根本就是獨立個體」等。

杜明學詩有成後，反而不再刻意追求發表新作一段，可以說頗有道家哲人的影子。中島敦（NAKAJIMA Atsushi, 1909 － 1942）的〈名人傳〉（“Legend of the Master”）參用《列子》「紀昌學射」[13]和《莊子》「列禦寇為伯昏無人射」[14]等記載，創作了紀昌向甘蠅老人學射九年的情節。當紀昌學成下山，回到邯鄲，群眾都期望他露一手。紀昌卻表示：「至為不為，至言不言，至射不射」[15]，連弓箭都不碰一下。杜明

跟從白雲「詩求道」的啟發，終於悟「道」而「隨緣」，或可與紀昌的故事並讀[16]。

略作補充，路雅曾向筆者透露，小說第二章有人選擇離開香港、重返大陸，「帶着失落走往回家的路」，那靈感是來自七八十年代在香港發展不順、因而北上回到內地的朋友——這又油然讓我想起曾敏之（1917 — 2015）散文〈橋〉裏的「呂進文」[17]。

（六）內互文性

另一邊廂，就「內互文性」（intratextuality）言，路雅的近作有意安排角色出現在不同的小說文本之中，如與電影因緣頗深的「江南」，既見於〈流動的椅子〉、〈花道與茶藝〉，又是〈生死篇〉的主角。至於白雲，他不但領銜演出了〈賣詩的老人〉，亦在〈流動的椅子〉、〈花道與茶藝〉及〈楚幽王劍〉等篇活躍。這些「白雲」的經歷未必都一樣，有時可視為各自獨立的角色，但他們皆以「詩人」、「印刷商人」的身份推動敘事，冥冥之中有所交集，留給讀者不少細味、推敲的餘地。

小說直接引述過賣詩老人的〈離別〉，而在現實之中，該首詩乃取自路雅的詩集《隨緣》。《隨緣》裏，緊接着〈離別〉的，即為〈回來〉：「化成一山的綠 / 輕風細雨 / 倦鳥知還 / 紅梅悅染清江」[18]。這種「離開」與「回歸」的組合，適正跟〈賣詩的老人〉所迴環提起的：「經驗告訴你，送走的人不會回來」、「如果他回來，應該是時候了，要不他就永遠不會出現」，以及「四十年後，送走的人又再回來了」等等，構成跨文類的擴音壁，使讀者穿梭往復，獲得共鳴。

在〈賣詩的老人〉裏，白雲有「三段刻骨銘心的愛情」，對象分別是音樂廳女孩、雨中的長髮少女和患絕症的女子。無獨有偶，路雅詩集《生之禁錮》也寫過和雨中姑娘相似的女性，如〈憶〉裏說：

搖鏡的景物遠了
回憶亦已
遠了
懷念是牛皮膠
妳的影子總是溶不去
樹樹皆寂寞
樹樹是一個男孩子的名字
貼在風裏　將它交予
長髮的姑娘
白雲是悠悠的水
悠悠的水
映着昨日的歡樂
何時才可重現
伊淺淺的微笑？如今失去了你
又獨過秋後的小橋
作好的小詩唸給誰聽呢？[19]

這首詩提到愛侶的「影子總是溶不去」，「溶」讓人憶起和白雲在「雨」中偕行的女性。〈憶〉的「妳」是個「長髮的姑娘」，而雨中女子也有「一把長長黑髮」；「我」則喜歡作「小詩」，這和白雲熱戀時尚未「棄筆」的形象也配合——湊巧的是，〈憶〉還包含隱藏了「白雲」的詩行：「白雲是悠悠的水」。此外，《生之禁錮》另有〈浪髮的女孩〉一作[20]，其中的「如果下雨」、「女孩幾時回來」等，莫不可以和白雲送走長髮女子後，苦盼「送走的人又再回來」相聯。凡此種種，俱讓〈賣詩的老人〉猶如放滿鏡子的大廳，隨時能倒映路雅的其他創作[21]。

更有進者，〈賣詩的老人〉所流露的「默變」情懷，其實也廣見於

路雅的各式書寫。略舉一例，〈賣詩的老人〉臨近尾聲時說，「這個善變的城市，沒有人記起它原來的面貌」，而「重臨舊地」的往日情人亦「已是滿頭蒼蒼白髮」，桃花也好，人面也好，皆已全非。路雅另篇小說〈四個老人的故事〉有「成長」一節，其中亦談到：「香港有甚麼改變？這個沒有面貌的城市。不斷拆建的樓宇和街道。當你走過修路的鑽孔風機時，才驀然發覺，物換星移，時間在你我不覺中悄悄飛逝。」2016年，《紙情》雜誌載錄了路雅的〈赤柱情懷〉，該文適好亦謂：「黃昏落日，退潮的淺灘，是否依舊如昔；而你，甚麼時候開始？卻在默默地參與其中，不知兩鬢已白……」[22]這些文字共同建構出路雅對社會、人事「默變」的唏噓，可誘讀者一再興感，一再惋嘆，一再沉浸，對文本訊息的接收遂因之延長。

三、結語

商人身份的路雅，其「柯式印刷的專業團隊，匠心獨運，為客戶打造高質素品牌及產品，一直備受認同及推崇」，要訣在於「精、準、快、不容有失」。作家身份的路雅，其小說意在延緩讀者的審美過程，使用了和從商迥異的策略，別具藝術魅力，相信亦能為愛書人所「認同及推崇」。

後記

路雅解釋「祭詩」一節：詩寫出來後，賣詩老人總不滿意，雖經一再修改，但最後也只得「把詩稿焚掉」。由於把詩視為有生命的對象（小說原文：「世界上除了動、植物之外，還有一種叫做詩的生物」），老人會拜祭被燒掉的作品，並因此成為「第一個祭詩的人」。

注釋

1. 詳見柯式印刷有限公司網頁：https://www.offset printing.com.hk。

2. Viktor Shklovsky, "Art as Device," *Theory of Prose*, trans. Benjamin Sher (Elmwood Park, IL: Dalkey Archive Press, 1990), p.6. 中譯見維克托．什克洛夫斯基，〈作為手法的藝術〉，《散文理論》，劉宗次譯（南昌：百花洲文藝出版社，1994年），頁10。

3. Ansgar F. Nünning, "Reconceptualizing Unreliable Narration: Synthesizing Cognitive and Rhetorical Approaches, " *A Companion to Narrative Theory*, eds. James Phelan and Peter J. Rabinowitz (Malden, Massachusetts: Blackwell Publishing, 2005), pp.91-92. 中譯見安斯加．F．紐寧，〈重構「不可靠敘述」概念：認知方法與修辭方法的綜合〉，《當代敘事理論指南》，詹姆斯．費倫、彼得．J．拉比諾維茨主編，申丹等譯（北京：北京大學出版社，2007年），頁86。

4. Emma Kafalenos, "Not [Yet] Knowing: Epistemological Effects of Deferred and Suppressed Information in Narrative," *Narratologies: New Perspectives on Narrative Analysis*, ed. David Herman (Columbus: Ohio State UP, 1999), pp.33-65. 中譯見愛瑪．卡法勒諾斯，〈似知未知：敘事裏的信息延宕和壓制的認識論效果〉，《新敘事學》，戴衛．赫爾曼主編，馬海良譯（北京：北京大學出版社，2002年），頁3-34。

5. 沃夫爾岡．伊瑟爾（Wolfgang Iser），《閱讀行為》（*The Act of Reading: A Theory of Aesthetic Response*），金惠敏等譯（長沙：湖南文藝出版社，1991年），頁249-251。

6. 許定銘，〈路雅和他的「詩小説」——《風景習作》代序〉，《風景習作》，路雅著（香港：瑋業出版社，2006年），頁i-viii。

7. 鮑里斯．托馬舍夫斯基（Boris Tomashevsky），〈藝術語與實用語〉，張惠軍、丁濤譯，姜俊鋒校，《俄國形式主義文論選》，什克洛夫斯基等著（北京：生活．讀書．新知三聯書店，1989年），頁83-84。

8. David Mickelsen, "Type of Spatial Structure in Narrative," *Spatial Form in Narrative*, eds. Jeffrey R. Smitten and Ann Daghistany (Ithaca and London: U of Cornell P, 1981), p.72. 中譯見戴維．米切爾森，〈敘述中的空間結構類型〉，《現代小説中的空間形式》，約瑟夫．弗蘭克（Joseph Frank）等著，周憲主編，秦林芳編譯（北京：北京大學出版社，1991年），頁156-157。

9. Roland Barthes, "From Work to Text," *Image, Music, Text*, ed. and trans. Stephen Heath (London: Fotana, 1977), pp.157-160.

10. 楊勇，《世說新語校箋》，修訂本，上冊（臺北：正文書局有限公司，1999年），頁656-658。

11. 關於「詩言志」，可參考張少康，《中國文學理論批評史教程》（北京：北京大學出版社，1999年），頁10-12。

12. Barthes, "The Death of the Author," *Image, Music, Text*, p.146.

13. 楊伯峻（楊德崇），《列子集釋》（北京：中華書局，1979年），頁182-184。

14. 陳鼓應注譯，《莊子今注今譯》，修訂本，下冊（北京：商務印書館，2007年），頁635。

15. 日語原文：「至為は為すなく、至言は言を去り、至射は射ることなしと。」見中島敦（NAKAJIMA Atsushi），《李陵．弟子．名人傳》（東京：角川書店，1968年），頁111。

16. 中島敦的改編十分有名，既促成中日兩國合拍動畫《不射之射》，漫畫家蔡志忠（1948-）亦在《御風而行的哲思——列子說》採用其故事。可參考章柏青、賈磊磊主編，《中國當代電影發展史》，下冊（北京：文化藝術出版社，2006年），頁185；蔡志忠，《漫畫道家思想》（臺北：大塊文化出版股份有限公司，2012年），頁515-524。

17. 曾敏之，《望海雲》（北京：人民文學出版社，1982年），頁119-121。在2012年的「香港中學文憑考試」裏，曾敏之的〈橋〉獲選為中文科卷一的閱讀理解文章，因此該作廣為香港中文教師及高中生所知。

18. 路雅，《隨緣》，水禾田（潘炯榮）畫作，姜丕中篆刻，雲中燕（溫仲賢）英譯（香港：紙藝軒出版公司，2019年），頁62。

19. 路雅，《生之禁錮》（香港：瑋業出版社，2005年），頁50-51。

20. 路雅，《生之禁錮》，頁52-54。

21. James Risser, "Reading the Text," *Gadamer and Hermeneutics*, ed. Hugh J. Silverman (New York: Routledge, 1991), p.93.

22. 路雅，〈赤柱情懷〉，《紙情》第1期（2016年）：頁37。

時空流，迴環樂

路雅〈滄浪．浮生〉的重複

時空流，迴環樂

路雅〈滄浪．浮生〉的重複

一、引言

J．希利斯．米勒（J. Hillis Miller, 1928 — 2021）曾指出，小說最主要的「重複」現象包括：（A）修辭、外觀和內心世界的重複；（B）事件和場景的重複；以及（C）作品與作品在主題、動機、人物等方面重複，而作者可以是同一人，也可以是另有其人[1]。路雅的〈滄浪．浮生〉由「遷徙」、「茶馬古道」、「香格里拉」和「寄情」四章組成，正是善用上述三種「重複」手段，並達致卓越效果的示範文本。

二、事件和場景的重複

〈滄浪．浮生〉講述了威廉和安娜、齊非和金棠這兩段愛情故事，前一雙定居於現代的三藩市，後一對則是茶馬古道還興盛時，香格里拉的過客與住民。乍看之下，威廉夫婦和齊非、金棠「異代不同時」、「關山千萬重」，可謂八竿子也打不着，但藉由路雅的「重複」安排，威廉等人卻可在斷裂的時空遙接彼此。

據「茶馬古道」和「香格里拉」，齊非是位販商，曾在中甸一帶的悅來客店初次遇見金棠。說是初次遇見，其實並不準確，因為他們早已在夢中「藍色的湖」相逢，以致金棠一見齊非，便「痴痴凝望」，兩人都想記起曾在哪裏碰過對方。

到「寄情」一章，威廉太太安娜忽然跟「我」談起，她在唸護士課程的最後一年去了通稱「香格里拉」的中甸縣度假，並在湖畔的小酒吧邂逅了威廉。奇妙的是，「不知為甚麼」，安娜和威廉「目光一接觸就覺得好像已相交多年。」藉着相似的事件（男女一見如舊）和場景（湖邊），路雅已隱示威廉、安娜與齊非、金棠存着「平行」的關係。

不僅如此，〈滄浪・浮生〉還寫道，金棠嘗把牛骨小梳子送給齊非訂情，四十年後，齊非仍滿懷依戀地把玩這件信物。在「寄情」裏，威廉自知將不久人世，便拜託「我」幫他把信和一個小盒子分批寄給安娜。「我」提到：「威廉先生曾把小盒子打開給我看，裏面是一把發黃的牛骨梳子」，這對三藩市夫婦的定情信物竟跟金棠、齊非的一致。

所不同的是，威廉、安娜既互生情愫，即順理成章地結為配偶；齊非卻礙於販商身份，不得不繼續上路。孰料到，齊非一行離開香格里拉後，便再也無法找回金棠所居的神秘村落。然而，小說家特意寫安娜和威廉「相守四十年」，齊非亦在遇見金棠的「四十年」後再次踏上尋覓對方之路。這種異中有同，正正揭示出作品的主題：是否把握住一生一次的愛戀，何等關鍵！齊非因為沒撇下商旅任務，他的命運就和威廉的有了分岔。

值得留意，旁觀威廉夫婦的「我」似乎亦與齊非有着平行關係。例如，「我」因隨家人移民、到美國升學等，多年來一直過着「流徙」生活，此與齊非的跋涉行商頗為契合。「我」在「執拾衣物」時想起在家時母親會打點一切，與之對稱，齊非「出發前」，亦是「娘給他執拾衣物……怕撿漏了甚麼」；「我」的母親在長途電話中提醒「我」要「多穿衣」，而齊非則想要「帶些布疋給娘」。路雅又寫：「我」聽到「達明一派」的〈今天應該很高興〉時，「心裏就酸起來」，而齊非聽到有人唱〈我住長江頭〉，也深深感受到當中的「蒼涼」。

或許就因「我」和齊非存着冥冥中的聯繫，路雅在金棠、齊非的故事裏插入一段「誰去過傳說中的香格里拉？那裏有我的摯愛真情。記得代我問候住在那裏的一個人」後，從沒聽過齊非的「我」在想到威廉夫婦時，腦海裏浮出的句子竟也是：「誰去過香格里拉？那裏有我的摯愛真情。」到了小說結尾，安娜更忽然閃亮着眼睛問「我」：「你會去香格里拉嗎？……若你往那裏去。記得代我問候我曾遇到的一個人。」這段神來之筆，確能啟人思索。

凡此種種，都呼應了〈滄浪．浮生〉的亮眼之句：「時間本無源，流過之處亦無痕，人生卻有許多相交點」。眾人在差異的時光、各別的流徙處存活，偏偏因事件和場景的重複而有了交集，彼此疊合，互不相干的人佇立在分歧的故事裏，又匯流進同一波滄浪之水中。

三、外觀和內心世界的重複

除卻事件和場景之外，角色的某些內心想法也在〈滄浪．浮生〉中一再出現，例如「遷徙」章的「我」想道：「在香港的時候，嫲嫲常說，人一出世，就朝那方向走，最後都是歸於塵土，誰也不會例外。有人遷走，才有人遷進來……」臨近尾聲，「寄情」章的「我」又一字不漏地記起同一段話。

但更特別的，是「我」和不認識的金棠、齊非常會在想法上有所共鳴。在「遷徙」裏，「我」發出長長的感嘆：「人生有幾多個驛站，站上會遇到甚麼過客……活着只是寄塵於世，無論有多風光，都會成為過去……明天誰將在我身邊路過？而我的下一站，又會遷徙到哪裏？」穿越時空，相同的嘆喟也見於齊非和金棠的故事。作者敘述齊非、金棠相遇，引入的句子是：

> 人生有幾多個驛站？站上會遇到甚麼過客？

金棠與齊非睽違，她自傷的是：

> 那麼他朝誰將在我身邊路過？而我的下一站，又會遷徙到哪裏？

在「茶馬古道」，齊非一邊把玩金棠給自己的牛骨梳子，一邊想道：

> 活着只是寄塵於世，無論有多風光，都會成為過去。
>
> 明天誰將在我身邊路過，而我的下一站，又會遷徙到哪裏呢？

細察以上引述，即可知路雅是將「我」的感懷分拆開來，再化散在金棠和齊非的片段裏。這種前呼後應，迴環複現，恰似《詩經》的「重章疊句」[2]，起着一唱三嘆的效果，不但令角色的唏噓益顯深沉，更渲染出強烈的宿命氛圍。

透過外觀的重複，路雅把這種宿命感推向巔峰。「茶馬古道」寫齊非曾經做過一夢，「夢裏看見藍色的湖」，亦看見正在濯足的少女：「那濯足的姑娘在沉思甚麼？清清湖水，照亮青春的面容，風再起時，杏花飄香。」無論是杏花香氣、颯爽清風或澄澈之水，襯托的都是女子的脫俗容貌。後來齊非進入香格里拉，得遇金棠，後者「淺淺的梨渦」如「湖」，「長髮」則「柔情似水」，連「輕風吹來」時，「羞澀」又「泛着朝霞的臉龐」亦一若「風再起時」被「照亮」的「青春的面容」。一切一切，皆如前定。金棠和夢中少女是如斯相似，以致齊非深信會與她共同經歷「杏花飄香」的一幕。

〈滄浪・浮生〉裏，齊非、金棠畢竟無法再聚，但其宿世因緣卻並未中斷。「寄情」一章，「我」在為威廉夫婦的愛情感動時，忽然就閃過一念：「夢裏彷彿又見到那藍色的湖，湖水清清，柳飛依舊。」那永恆的湖畔少女並未隨時間的滄浪流逝，永遠等待着入夢者。如齊非一般「流徙」的「我」，是否又將在旅途上與夢中人碰面呢？

四、跨文本的重複

路雅〈滄浪・浮生〉在跨文本重複方面呈現異彩，可謂處處是文化密碼。舉例來說，他在敘述齊非行腳時引用了李之儀（1038－1117）的〈卜算子・我住長江頭〉，而該詞的「日日思君不見君」正好

符合齊非和金棠四十年的分離，「此水幾時休，此恨何時已」也和金棠、齊非的惆悵呼應。又例如，齊非在香格里拉唸起蘇軾（1037－1101）的〈江城子·乙卯正月二十日夜記夢〉：「十年生死兩茫茫，不思量，自難忘」，這段家喻戶曉的宋詞，卻原來暗示了金棠和齊非將有「兩茫茫」的失散，二人都因「難忘」對方，反覆「思量」而一再痛苦。

小說標題中的「滄浪」見於《孟子·離婁》：「有孺子歌曰：『滄浪之水清兮，可以濯我纓。滄浪之水濁兮，可以濯我足。』」[3]路雅據之發想，便為夢中姑娘安排了「濯足」的細節，讓小說與讀者的文化記憶交融重疊[4]。宋人嚴羽（？－約1245）著有《滄浪詩話》，自號「滄浪逋客」，有意遠離「濁水滔滔」的「塵俗」[5]，這也與〈滄浪·浮生〉的香格里拉居民「與世隔絕」、罕與外人接觸相侔。

古典文學以外，〈滄浪·浮生〉亦與現代流行曲有所聯繫。「我」在「流徙」時聽見「達明一派」的〈今天應該很高興〉，心內惻然；配合歌詞來讀，這當是與「我」舉家移民，難以再和「舊照片」上的親朋「相見」有關。但越過表象，路雅的匠心更在於借「達明一派」引出該組合的成員黃耀明（1962－ ）。細察小說行文，路雅在多處嵌入了黃耀明主唱作品的名稱：

小說內文	對應歌名	流行歌歌詞	情節比照
那夜星光燦爛，他的夢沒有牽念。	〈今夜星光燦爛〉	燈光裏飛馳 失意的孩子 請看一眼這個光輝都市 再奔馳 心裏猜疑 恐怕這個璀璨都市 光輝到此	齊非對香格里拉戀戀不捨，很想再「看一眼」，但商隊的鐵則是：「踏上了這條路，就別再回望！」他與金棠分離，此生愛情的「光輝」確亦「到此」為止。
我和爸的關係就是這樣，是那麼遙遠又接近。	〈這麼遠那麼近〉	在池袋碰面 在南極碰面 或其實根本 在這大樓裏面 但是每一天 當我在左轉 你便行向右 終不會遇見[6]	在香格里拉一見之後，齊非繼續上路，告別了金棠。此後，齊非的商隊雖曾路經中甸，與香格里拉彷彿近在咫尺，可是卻再也找不到金棠所住的村落，兩人「終不會遇見」。

小説內文	對應歌名	流行歌歌詞	情節比照
明天誰將在我身邊路過，而我的下一站，又會遷徙到哪裏呢？	〈下一站天國〉	明日過後 我的天空失去你的海岸 …… 請牽一牽掛試驗愛的殘忍 縮短了永恒 增長了皺紋	齊非離開香格里拉，卻一直「牽掛」金棠，到老仍深情地把玩當初的訂情信物；居於「永恆」之地的金棠，亦一樣為齊非肝腸寸斷。
	〈明日天涯〉	明天我便會 明天你或會 誰將會令誰的心灰 明天有沒有 總有後悔 不一定還有約會 現在這對手 不一定配 接住未來的煙灰 再會 但願會[7]	金棠在無窮的時光裏苦候「天涯」永隔的齊非，「回憶昨日，已是萬年，彷如無岸的明天」。她「但願」齊非能找回「相遇的位置」，可惜説「再會」之後，只剩得一寸相思，一寸「心灰」。

由「達明一派」的〈今天應該很高興〉掀開序幕，路雅接連置入黃耀明的多首流行歌曲，且細針密線地與正文中齊非、金棠的情節交織串聯，隱然呼應，其巧思着實令人佩服。

另外，本文第二節提及的「那裏有我的摯愛真情。記得代我問候住在那裏的一個人」，其實是轉化自英國民歌〈史卡博羅市集〉（“Scarborough Fair”）的兩句：Remember me to one who lives

there, She was once the true love of mine。事實上，〈滄浪．浮生〉多次引用〈史卡博羅市集〉的歌詞，第一次是在「遷徙」一節，「我」記得威廉生前最愛聽「賽門與葛芬柯」(Simon & Garfunkel) 演繹這一首歌[8]；到「寄情」部分，「我」又憶起威廉房子曾傳出「賽門與葛芬柯」的Scarborough Fair。及後，安娜追述她與威廉的初遇，也說到小酒吧台上的表演者適好在低唱Scarborough Fair。往復迴盪的〈史卡博羅市集〉不僅令文本瀰漫愛情氣息，也有助拓闊讀者的聯想。

在米勒的理論裏，跨文本的「重複」也可以是同位作家在不同作品裏的自我呼應[9]。就〈滄浪．浮生〉言，較明顯的，是「我」的經歷和〈流動的椅子〉角色衛凱澄如出一轍。據〈流動的椅子〉，衛凱澄「九零年隨父母舉家移民溫哥華，在匹茲堡唸大學，再往三藩市攻讀廣告。在那裏邂逅米高，回港後結束流徙的學生生涯」。如此推想，讀者或可視衛凱澄延續了「我」的故事，「我」將在走進威廉夫婦的故事之後，結識摯愛米高，不再「遷徙」。

較需探挖的，則是在「香格里拉」一章，路雅似不經意地寫下：「時間流向沉默的雲。」這背後，是路雅1971年出版的散文集《但雲是沉默的》，收進書中的同名篇章有多處能與〈滄浪．浮生〉產生共鳴。例如〈但雲是沉默的〉寫到：

> 春天裏，如果陽光燦爛，舉頭將會看到那朵飄浮得像夢的白雲，但誰會想到它是從哪裏來，又往哪裏去？[10]

而肉身「流徙」的齊非與「我」，還有在愛裏「流徙」的金棠，何嘗又不是「飄浮得像夢」？難怪他們都要感慨：「我的下一站，又會遷徙到哪裏？」跟不知「往哪裏去」的浮雲相似。

復舉兩例，〈但雲是沉默的〉謂：「如果有情將惹煩惱，那麼，也許無情會使人快樂；但我知道那是自欺欺人的說話。」[11]這段若借來形容也想「不思量」，以免「煩惱」無盡，卻始終珍惜一度相逢的金棠、齊非，真是何其貼切！〈但雲是沉默的〉又說：「回憶曾以輕盈的舞步跳進我夢裏，但除了增加夢醒後的惆悵，又能帶給我甚麼呢？」[12]直接把這三句剪下來，貼進〈滄浪．浮生〉裏，讀者可能還會誤以為那是金棠或齊非相分後的感嘆，絲毫不覺扞格。

五、結語

統合來說，路雅在〈滄浪．浮生〉裏疊用「重複」的各種模式，既有事件和場景的重複，建構起威廉夫婦和齊非、金棠的平行關係，又有外觀和內心世界的重複，讓小說浸染宿命氣氛。

藉由跨文本的連結，路雅引用的蘇軾、李之儀詞作不單單能增加文采，亦多暗示故事發展，強化角色命運的感染力；其他或隱或顯地見於篇中的流行曲目、傳統民歌等，亦莫不如此。至於和路雅別的作品，諸如〈流動的椅子〉、〈但雲是沉默的〉互相配合，則尤能讓〈滄浪．浮生〉張開更寬廣的「內互文性」之網，逗引讀者自行連結，作出詮釋。

平心而論，〈滄浪．浮生〉並不算容易理解的文本，當中常見路雅刻意為讀者設置的接收障礙，需要愛書人格外留神，才能連上各條脈絡，洞悉作品真義。上述分析，試圖借米勒的「重複」理論，爬梳出〈滄浪．浮生〉的大概，不敢說已通盤掌握小說內蘊，卻希望指出門徑，提供鑑賞路雅創作的南針。

後記

路雅閱讀本文初稿後，續向筆者介紹：〈史卡博羅市集〉提到過香芹、鼠尾草、迷迭香和百里香，是以他在〈茶馬古道〉輕輕地加上一筆，說齊非所屬的商隊也販售「香料」，齊非的行囊載着「小茴香、茉莉、肉蔻與丁香」[13]；又，〈史卡博羅市集〉提到要女子不用針線去做一件襯衫，故此小說寫金棠為齊非「補釘破爛的白麻布衣，細細密縫下，無針亦無線」。這兩項簡單說明，都透露出路雅對跨文本「重複」的重視。

注釋

1. J. Hillis Miller, *Fiction and Repetition: Seven English Novels* (Oxford: Basil Blackwell, 1982), pp.1-3.
2. 褚斌杰編著，《中國文學史綱要：先秦．秦漢文學》，修訂本（北京：北京大學出版社，1998年），頁99-100。
3. 史次耘註譯，《孟子今註今譯》，第3版（臺北：臺灣商務印書館股份有限公司，1978年），頁183。屈原（約前343-約前278）〈漁父〉也曾引用同一首歌，可參見董楚平，《楚辭譯注》（上海：上海古籍出版社，2012年），頁122。
4. 劉俐俐，《文學「如何」：理論與方法》（北京：北京大學出版社，2009年），頁179。
5. 陳偉強，〈嚴羽自號「滄浪逋客」考辨〉，《清華學報》第27卷第2期（1997年）：頁217-238。
6. 張國榮（張發宗，1956-2003）在〈這麼遠　那麼近〉中有一段唸白：「我由布魯塞爾坐火車去阿姆斯特丹，望住喺窗外面飛過嘅幾十個小鎮，幾千里土地，幾千萬個人，我懷疑我哋人生裏面唯一相遇嘅機會，已經錯過咗。」移用來形容永遠「錯過」金棠的齊非，亦甚適宜。
7. 以上引用，〈今夜星光燦爛〉由陳少琪（1964- ）填詞，〈這麼遠　那麼近〉由黃偉文（1969- ）填詞，而〈下一站天國〉及〈明日天涯〉則皆由林夕（梁偉文，1961- ）填詞。
8. 路雅小說中，「賽門與葛芬柯」異譯為「西門葛芬高」。
9. 申丹，《敘述學與小說文體學研究》，第3版（北京：北京大學出版社，2004年），頁170。
10. 路雅，《但雲是沉默的》（香港：藍馬現代文學出版社，1971年），頁40。
11. 路雅，《但雲是沉默的》，頁41。
12. 路雅，《但雲是沉默的》，頁41。

13. 路雅筆下的植物，或可據查爾斯．史金納（Charles M. Skinner, 1852-1907）搜羅的資訊再加析說。在金棠、〈楚幽王劍〉樊音不圓滿的愛情敘事裏，路雅都提及「茉莉」——「它在東方的別稱是『黑暗與深思』，並無婚姻幸福美滿的寓意，更甭說那則一點也不令人愉快的傳說故事：一名公主發現太陽神移情別戀、愛上她的宿敵後絕望自戕。夜茉莉自她墳上萌芽，人們稱之為『傷心的樹』，它的花朵遇見陽光會畏縮起來，彷彿對太陽的責難與恐懼，且花瓣會在破曉之際凋謝殆盡。」茉莉的「傷心」意涵，無疑是能與崩潰落淚的樊音、號哭呼痛的金棠相稱。至於齊非行囊裏的「丁香」，「一則古老的諺語是這麼說的：『配戴丁香花的人，永遠不會戴上結婚戒指。』」彷彿亦預言他和金棠無法結合。以上兩段關於植物的引用，見查爾斯．史金納，《植物神話與傳說：101種花草木果的自然知識與傳奇故事》（*Myths and Legends of Flowers, Trees, Fruits, and Plants in All Ages and All Climes*），曾盈慈譯（臺北：晨星出版有限公司，2021年），頁130、140。

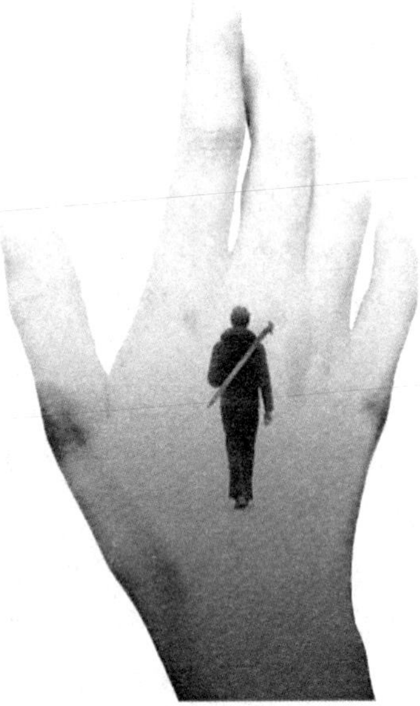

閱歷·正反·虛實

路雅鑄就〈楚幽王劍〉

閱歷·正反·虛實

路雅鑄就〈楚幽王劍〉

一、引言

路雅〈楚幽王劍〉就結構而言，確頗多與〈滄浪·浮生〉相似之處。〈楚幽王劍〉寫了唐亦存、樊音以及袁立君、程鷺的相戀故事，兩對愛侶所處時空不同，卻呈現平行關係[1]，一如〈滄浪·浮生〉裏的齊非、金棠和威廉、安娜。然而同中有異，〈楚幽王劍〉在許多方面皆能折射路雅小說的另種特質，別具藝術魅力。

二、閱與歷

〈楚幽王劍〉有此一段：「當每個人都在談論着張恨水的鴛鴦蝴蝶夢時，十二歲的樊音卻捧着曹雪芹的紅樓夢。許地山、郁達夫、卞西林、沈從文、李清照……他們的著作她都讀遍了。」表面意思，是說樊音不拘時代，會大量閱讀嚴肅的文學作品[2]。問題是：何以路雅要在幾位現代文學名家之後，忽然回轉頭，特意提起兩宋時期的李清照(1084 － 1155)呢？

細究之下，李清照和樊音原來有着多重對應[3]：

（一）出身

樊音「生長在北京一個中產家庭，生活得幸福，父親是樊家明歷史教授，任教清華」。李清照也是書香門第出身，其父李格非（? － 1106）為熙寧九年（1076）進士，曾任鄆州教授、太學博士、秘書省左奉議郎等職，與蘇軾、「蘇門四學士」頗相往來，傑作〈洛陽名園記〉嘗令邵博（? － 1158）垂涕，文藝功力可見一斑。

（二）愛情

李清照嫁給趙明誠（1081 － 1129），二人相戀甚深，但趙明誠先是忙於太學公務，寓居官署，留李清照獨守空幃；其後李格非被劃為「元祐黨人」，遭到貶謫，趙明誠之父選擇袖手旁觀，李清照即憤而離開趙府數載。可以說，李清照和趙明誠夫婦實是聚少離多。約在宣和二年（1120），趙明誠獨身赴任萊州太守，李清照雖在翌年八月趕來與他團聚，奈何趙明誠終日應酬，又把妻子冷落了。正因如此，李清照多有閨怨之詞，如〈怨王孫・春暮〉、〈行香子・七夕〉、聞名遐邇的〈醉花陰・薄霧濃雲愁永晝〉及〈一剪梅・紅藕香殘玉簟秋〉等——而這些，適好是與樊音傾心於唐亦存，但究竟無法把他留下相合的。

（三）國難

〈楚幽王劍〉開篇不久，便寫到日軍於1937年入侵北平。年僅十七歲的樊音本來打算入讀大學，卻因戰事爆發而被迫中輟，倉皇地向西南方的重慶漂浪。更悲慘的是，樊音的「父親在戰爭中死去」，母親也因不堪離亂，轉瞬於次年病歿。

國破、家亡，李清照的遭遇與樊音如出一轍。在靖康元年（1126），李清照遇上金人犯闕，汴京失陷；為避兵鋒，她不得不逃出山東，南渡江左。未幾，趙明誠卻於湖州感染瘧疾棄世。路雅在〈楚幽王劍〉寫樊音：「誰能料到，短短的兩年間，會有如斯重大的改變……」不幸地，若拿來形容蕭條異代的李清照，竟又是同樣合適。

（四）抗敵

李清照無法馳騁疆場，但一直善用其文學造詣，譜寫出五絕〈烏江〉、〈詠史〉以及古體、律詩各一章的〈上樞密韓公、工部尚書胡公並序〉等，指斥宋室的偏安心態，痛惜山河破碎，抒發愛國激情。

處身現代的樊音亦不遑多讓，她參加東方話劇團，在重慶市國泰戲院演出抗日劇目，宣揚民族大義，振作同胞精神。唐亦存深深知道，「只要戰爭一日未完結，她都是屬於抗日話劇的」，此可見樊音徹底投入文藝戰線，與悵望千秋的李清照有所呼應。

（五）文物

樊音一見楚幽王劍即立定決心，要保存此件文物，不讓法國人將它買走。與之對位，李清照也把精力投放在金石書畫的搜集與整理研究之上，並協助趙明誠編成《金石錄》。

統合來說，路雅在歷述「許地山、郁達夫、丁西林、沈從文」這一組現代作家的名字之後，突然回溯古典，並單單標出李清照來，其實正是藉其「突兀性」，促使讀者注視，並發現樊、李二人的聯繫和深意。

樊音自小熟讀李清照，孰料人生也會畫出和李清照相似的軌跡——由閱讀寖成親歷，這種冥冥之中的巧合，不由得叫人想起《紅樓夢》，想起那一則則詩讖，想起那組把「金陵十二釵」命運牢牢綁住的判詞[4]，嘆悵良深……

三、正與反

為要令敘事峰迴路轉、高潮迭起，作家常會以「姍姍來遲的救援」、「解決難題」、「搶劫綁架」和「推遲的相認」等組織情節[5]。但路雅似乎很少倚重這些慣見的招式：杜明清晰記得白雲的樣子，淑雯一眼就認出美儀（順嫂），阿媚很快就向「我」表露身份，「推遲的相認」可謂全無用武之地[6]；在〈楚幽王劍〉裏，唐亦存隨時能拿出八根金條，立即便可購藏古劍，且沒有覬覦寶物的人搶他劫他，「姍姍來遲的救援」、「解決難題」和「搶劫綁架」都悉數缺席[7]。

(一)〈星期日的早晨……〉巧妙翻轉

在製造曲折感方面，路雅實另有良方，其中最矚目的是「正」、「反」情節在短距離內交替出現。隨便舉《風景習作》的〈星期日的早晨……〉為例，主角亞文一直忙於青年商會的活動，特別是答應了襄助好友亞田競選，以致自己再無餘暇。可是箭在弦上、蓄勢待發的選舉日早晨，亞文卻突然剎車，像丟下所有青商的責任般，要去跟小兒子喝茶：

> 「爸爸今早不去開會，帶你去飲茶好嗎？」
> 我不知道是甚麼力量，使我衝動地説出那句話來。

若果僅僅這樣，路雅也只算是運用了「反轉」的技法，在小說結束時爆出驚喜。真正的獨特之處，在於亞文「衝動地説出那句話來」之後，他的兒子竟這樣回應：

> 「媽咪，爸爸帶我們去喝茶！」小兒高興得連跑帶跳地嚷著：「我要穿那件白色的T恤，上面寫着：請投亞田一票！」

青商選舉的線索明明已被一下斬斷，為着爸爸能陪自己而歡喜的兒子卻竟然提起「請投亞田一票」這件事來，諒必要激起亞文的又一番內心掙扎。短短數行文字，情節有了兩度陡轉，呈示出以「青商—家庭—青商」為重的三段變化。

(二)〈楚幽王劍〉的「暗脈絡」

讀者如能留意，必可察覺類似的陡轉常在〈楚幽王劍〉裏出現，形成了該篇「正反」乃至「正反正」交互發展的「暗脈絡」。〈楚幽王

劍〉分為「傷別」、「懷劍」、「賣劍」和「印書」四章，以下就每章繪製獨立的表格，彰明路雅連番陡轉的筆法：

列表一：「傷別」

	正	反	正
樊音登場	樊音出生於文藝之家，父親是歷史教授，母親是音樂家。	樊音「五音不全」，沒有得自她母親的遺傳。	樊音思想早熟，把不少重要的嚴肅文學作品讀遍了。
購買古劍	樊音請沈福文帶她見唐亦存，希望勸後者買下古劍。	樊音沒能把預備好的話講出，勸説任務失敗。	因樊音之故，唐亦存出人意表地買入了楚幽王劍。
唐樊戀情	樊音有「禁不住」的「喜悦」，開懷地跟唐亦存説話。	樊音心內難過，唐亦存勸她：「小音，你可以不哭嗎？」	唐亦存獨自離開，樊音無法禁止情緒，「淚水淌下來，缺堤一樣」。

列表二：「懷劍」

	正	反	正
亦存買畫	唐亦存支持藝術家，因此有很多詩人墨客向他賣畫。	唐亦存認為在中日交戰的亂世，錢比甚麼都重要。	唐亦存主動問李可染畫的價格，似乎志在必得，不怕花錢。
購入古劍	樊音與唐亦存初次見面，並生澀地勸他買劍。	唐亦存確知古劍價值不菲，買劍會違反基本的營商原則。	第二天，唐亦存就拿了八根金條去找瑞士人買劍。
買劍姻緣	唐亦存出資買劍，因而贏得了樊音的好感。	敘述者補充，樊音愛上唐亦存，實際與買劍一事無關。	/
	唐亦存愛上樊音，不但買了劍，還特地到國泰戲院看她演出。	敘述者說明，唐亦存的確愛樊音，卻不會為此而買劍。	/
唐樊戀情	唐亦存和樊音彼此相愛，用情甚深，兩人浪漫地一起生活。	無論多愛唐亦存，樊音都以抗日為重，不會跟他一起到香港。	/

列表三：「賣劍」

	正	反	正
買賣原則	袁立君的哲學是：「世上沒有不賣的東西！」	白雲推掉一宗生意，並表示：「世上有些東西是不賣的！」	到下一章，白雲強調自己的「商人」身份，「付錢便開機」。
變與不變	多倫多的唐人街數十年不變，尚有賣「萬壽無疆」碗。	香港是「沒有面貌的城市」，年年月月，不斷地變化。	多倫多與香港一樣，殘舊的旅行社訴説着歲月造成的痕跡。
程袁情緣	袁立君想到：「有些失去的東西，永遠不能尋回」。	由於有網絡，袁立君從臉書找回失聯四十年的程鷺。	程鷺故意嫁給一個糟老頭，袁立君永遠失去了她。

列表四：「印書」

	正	反	正
性格形象	上一章説袁立君「知慳識儉」，連「一個仙」都要「計算」。	白雲認為袁立君「不食人間煙火」，「像不似此世代的人」。	/
揮金態度	上一章，袁立君特地選收費便宜的旅行社訂「最平機票」。	袁立君以比議價貴的價錢買楚幽王劍，但仍深覺「值得」。	/
詩與商業	袁立君認為白雲寫詩，必定是個有靈氣的人。	白雲創業初期常盤算如何省錢，為此而包攬各種工作。	白雲在公司也放着王辛笛的詩，引來袁立君吟誦。
程袁情緣	袁立君是窮光蛋，不敢高攀生於富裕之家的程鷺。	程鷺為了留住袁立君，而與他發生關係。	袁立君依然放不下自卑感，無法與程鷺結褵。

以「幅度」[8]論，〈楚幽王劍〉正文僅佔《流動的椅子》十一頁左右，而從上述不完整的表列內容，已可見十四、五組陡轉情節，即平均一頁有超過一組。這樣看來，說「正反」、「正反正」的交錯是織成〈楚幽王劍〉的「暗脈絡」，應算是大有根據。

（三）「正反」相續的特殊作用

值得追問的是：路雅這種「正反」策略除了有助編構、延展敘事之外，尚有何特別價值呢？嘗試作答：一方面，這能造成「複調」的效果。小說的「複調」，是指各個人物「充分平等」[9]，可以按自己的聲部發音，不必有貫輸給讀者的主旋律[10]。在〈楚幽王劍〉中，袁立君認為所有東西皆可賣，白雲卻表示「有些東西是不賣」；白雲自視為「付錢便開機」的生意人，袁立君卻強調白雲愛詩且「有靈氣」。這些互相矛盾的意見，正好令文本眾聲喧嘩，給讀者更多的思想衝擊、更廣的尋索空間。

有時候，路雅安排的「正反」直接就撕開裂縫，給文本製造空白。比如說，唐亦存出重金買劍，很可能是他已戀上了樊音；樊音愛慕唐亦存，最直觀的理由便是他為她買劍。可是，敘述者很快就否定了這兩種推測，留下惹人思索的罅隙，吸引讀者調動想像，填補理由，更深地參與進小說的世界之中[11]。

最後，是為人物賦予「不穩定性」。小說角色的形象通常是一貫的，如《三國演義》裏曹操的奸、關羽的忠和諸葛亮的智[12]，而路雅偏另闢蹊徑，試圖傳達一個人的複雜和多面，在不同的瞬間會有迴異的取捨。舉例來說，袁立君不會多花「一個仙」，卻肯為楚幽王劍大破慳囊，以免寶物落入日本人手中；唐亦存第一刻猶豫，甚至抗拒買劍，翌日卻忽然一百八十度轉變，帶金條去找賣家。路雅暗示的，既是人難以徹底全面地認識另一個人，也是一剎那的念頭常會帶來巨大的生命改變——在「正反正」的流波裏，袁立君若果一個閃念，放下自卑，不是就能與程鷺締結良緣嗎？小說即寫過：「當年如果你（袁立君）不是那麼執着，也許她（程鷺）不會作出那（嫁給老頭的）決定！」同理，樊音能改變心意，不是就能隨唐亦存離去嗎？掩卷長吁，讀者除了像小說中白雲嘆一句「孽緣真多」外，也許便是贊同他所想的：「人生若夢，世事無常」，「正反正」的變才是永恆的至理。

四、實與虛

羅蘭・巴特在《S/Z》(*S/Z*) 一書提出五種符碼，即闡釋符碼（hermeneutic code）、情節符碼（proairetic code）、意義符碼（connotative code）、象徵符碼（symbolic code）及文化符碼（cultural code）[13]。

一般而言，小說會給讀者設置謎團，吸引愛書人追看並參與解題，故闡釋符碼居於最核心的位置[14]。路雅〈楚幽王劍〉固然也有大大小小的謎，但更使人注意的，倒是篇中星羅雲布的「文化符碼」。

在樊音、唐亦存的故事裏，路雅不但以抗日戰爭為背景，還穿插許多真實的人物，如美術教育家李有行（1905 － 1982）和沈福文（1906 － 2000），二人曾創辦四川省立藝專，路雅則安排他們與虛構的董永賢相識，而董永賢即是唐亦存買畫的中介人。〈楚幽王劍〉也提到著名文學家茅盾（沈德鴻，1896 － 1981）為樊音的劇社寫過劇本，而唐亦存則談及林風眠（林鳳鳴，1900 － 1991）、曹克家（1906 － 1979）和李可染（李永順，1907 － 1989）的畫事。此外，樊音的演出場地國泰戲院，確確實實是抗日話劇的大本營[15]。

到袁立君和白雲的部分，〈楚幽王劍〉又穿插潘振鏞（1852 － 1921）的工筆仕女、丁衍庸（1902 － 1978）的青蛙斗方，述及呂壽琨（1919 － 1975）、余世堅（1943 － 2020）和王辛笛（王馨迪，1912 － 2004），並讓人物交談時直接引用王辛笛的詩作〈再見，藍馬店〉。

路雅在僅佔十一頁的小說內加入如此多真實存在的人、事和物，按照托馬舍夫斯基的理論，乃屬大量設置「求實細節」，目的是強化「確有其事的感覺」[16]，讓讀者認為小說中的各種經歷、對話皆有實事為本，或甚至就是直錄事實。

熟悉路雅的讀者，大抵還能看出更多「真實」的端倪：路雅是印刷商人，又是寫詩高手，這與〈楚幽王劍〉裏的白雲若合符節，路雅

的柯式印刷有限公司更真的印過文物說明書《楚幽王劍》，且收到客戶致送的潘振鏞仕女畫。再看以下片段：

> 他知道小女也喜藏畫。
>
> 七十年代香港百業待興，我在蘭桂坊開設印刷小店，創業初期，身兼數職，接單、計價、做稿一人包攬。
>
> 我不是設計師，只是一個普通印刷商人，經過四十年的努力，印刷公司雖然不是甚麼大廠，但也有六、七十人，設計部近十人，因為競爭劇烈，更設美術總監之職。

這裏的「我」乃是對位路雅的白雲，而現實的路雅女兒確也「喜藏畫」，應和了引文的首段；路雅〈浪漫的蘭桂坊〉曾回顧：「一九七五年的初夏，我在蘭桂坊開設印刷公司」[17]，與引文的次段吻合；其餘「有六、七十」名員工、「設美術總監」等，也悉與路雅公司的實際情況相符。

凡此種種，俱使虛構的袁立君、樊音和唐亦存等猶如活在真實的人間，虛中有實，實中有虛，難怪在小說〈楚幽王劍〉的結尾，白雲／路雅要留下這幾句耐人尋味的話：

> 「劍是真的！」我詭秘地對他說：「但有關此劍的故事，卻是假的！」

五、餘語

路雅的〈楚幽王劍〉具有多種寫作上的特色，既有藉李清照烘托樊音個性際遇的含蓄，又有虛實交疊的文化和生活細節，引人思索小說有幾分「真」、幾分「假」。最重要的，則是路雅在〈楚幽王劍〉的

小篇幅內頻繁換置「正」、「反」，形成特異的敘事脈絡，堪稱是種精心創造，值得細加注目。

終篇一刻，忽爾想起歷史上的楚幽王熊悍（？－前228），其生父據傳並非上一任君主，而是名列「戰國四公子」的重臣春申君黃歇（？－前238）。《戰國策》記載：「李園女弟初幸春申君有身，而入之王所生子者，遂立為楚幽王也。」[18]

春申君曾冒着被秦昭襄王（嬴稷，前325－前251）處死的危險，幫助楚考烈王（熊完，約前278－前238）回國即位，是「忠」的典範；擔任令尹後，他致力約束驕縱淫逸的封君，是「儉」的使者。但同時，春申君又蓄養三千門客，浮華侈靡，乃「奢」的代表；甚至將已有身孕的妾侍獻給楚考烈王，陰謀橫奪楚國王統，乃「奸」的極致。春申君在楚境位極人臣，亦因養士而名聞列國，「榮」莫加焉；可是他最終遭同黨背叛，被刺身死，家族淪亡，結局至為屈「辱」[19]。

忠／奸、儉／奢、榮／辱——春申君反反覆覆的人生，沒料到，竟也與路雅翻轉變奏的敘事「暗脈絡」相應。春申君地下有知，讀路雅的「正反」鋪陳，大概也會戚戚於心吧。

後記

2021年12月9日，路雅約談拍賣行專家，事前把小說〈楚幽王劍〉寄給對方參考。會面時，大家沒有聊出土文物楚幽王劍的驚天估價，倒是風度翩翩的拍賣行專家一開始便問：「小說內容有幾分實？幾分虛？是七實三虛？還是⋯⋯」

注釋

1. 除了愛情的離合之外，從細部看，唐亦存和袁立君的對位尚有：(1) 唐亦存買畫，袁立君用畫代替印刷費；(2) 唐亦存活在抗日戰爭的時代，袁立君則與日本人爭先購下楚幽王劍。此外，平行法也見於袁立君個人的故事裏：他在旅行社見到二十歲的小妹和六十餘歲的老闆，回憶裏則有青春少艾的程鷺和她所嫁的糟老頭。

2. 選取許地山（許贊堃，1893-1941），大概是因為許氏有名篇〈綴網勞蛛〉，裏面的尚潔常為他人費心，而對自己的命運總逆來順受，預示樊音將傾力保存文物、參演抗日劇，而任由所愛的唐亦存離開。選取郁達夫（郁文，1896-1945），是因為郁氏〈沉淪〉的結尾呼號：「祖國呀祖國……你快富起來！強起來罷！」跟樊音的愛國精神相應。選取丁西林（丁燮林，1893-1974），是因為丁氏與少年樊音同樣在北平生活，而丁氏的〈一隻馬蜂〉等宣揚自由戀愛，隱隱對照樊音與唐亦存的同居情節。以上各端，許地山部分可參考夏志清，《中國現代小說史》（*A History of Modern Chinese Fiction*），劉紹銘等譯，第2版（香港：中文大學出版社，2015年），頁65-66；郁達夫部分可參考錢理群、溫儒敏、吳福輝，《中國現代文學三十年》，修訂版（北京：北京大學出版社，1998年），頁75；丁西林部分可參考嚴家炎主編，《二十世紀中國文學史》，上冊（北京：高等教育出版社，2010年），頁292-293。路雅之選取沈從文（沈岳煥，1902-1988），則使人憶起沈氏初次上講台授課，因過分緊張，最初十分鐘只呆立當場，開講後，亦竟在十分鐘內就把話講完；無奈地，沈氏只能於黑板上寫：「我第一次上課，見你們人多，怕了。」不過胡適（胡嗣糜，1891-1962）認為沈從文講不出話也沒被學生「轟」，實在是「成功」。這段軼聞，與樊音初見唐亦存時講不出準備好的話，但仍令後者採取行動買劍，可稱類似。參考余世存編，《非常道：1840-1999的中國話語》（北京：社會科學文獻出版社，2005年），頁31。

3. 本文有關李清照生平的部分，主要是參考了王英志，〈前言〉，《李清照集》，王英志編選（南京：鳳凰出版社，2007年），頁1-20。

4. 歐麗娟，《詩論紅樓夢》（臺北：五南圖書出版股份有限公司，2017年），頁36-39。不憚其煩地提醒讀者，〈楚幽王劍〉開首即有言：「當每個人都在談論着張恨水的鴛鴦蝴蝶夢時，十二歲的樊音卻捧着曹雪芹的紅樓夢。」

5. Shklovsky, "The Relationship between Devices of Plot Construction and General Devices of Style," *Theory of Prose*, pp.33-39, 42; "The Structure of Fiction," *Theory of Prose*, pp.52-54, 64-66, 68. 中譯見什克洛夫斯基，〈情節編構手法與一般風格手法的聯繫〉，《散文理論》，頁48-55、58；〈故事和小說的結構〉，方珊譯，董友校，《俄國形式主義文論選》，頁12-14、22-24、27。

6. 上舉三例，杜明見於〈賣詩的老人〉，淑雯和阿媚皆見於〈四個老人的故事〉。

7. 路雅與筆者交談時，曾提起他對這些編構手法十分熟悉，並據荷里活電影作出引申。他「是不為也，非不能也」，在寫小說時鋭意追求創新。

8. 「幅度」是用以計算文本敘述速度的衡量手段之一，單位為「行」、「頁」。見 Shlomith Rimmon-Kenan, *Narrative Fiction: Contemporary Poetics*, 2nd ed. (New York: Routledge, 2002), p.52；中譯參施洛米絲．里蒙－凱南，《敘事虛構作品：當代詩學》，姚錦清等譯（北京：生活．讀書．新知三聯書店，1989年），頁94。

9. 楊春時、簡聖宇，〈巴赫金：複調小說的主體間性世界〉，《東南學術》第2期（2011年）：頁178。

10. 米哈伊爾．巴赫金（Mikhail Bakhtin），《陀思妥耶夫斯基詩學問題》（*Problems of Dostoevsky's Poetics*），白春仁、顧亞鈴譯，《巴赫金全集》，錢中文主編，第5卷（石家莊：河北教育出版社，1998年），頁4-5。

11. Donald N. McCloskey, "Storytelling in Economics," *Narrative in Culture: The Uses of Storytelling in the Sciences, Philosophy, and Literature*, ed. Cristopher Nash (London: Routledge 1990), p.19.

12. 陳穎，《中國戰爭小說綜論》（臺北：萬卷樓圖書股份有限公司，2019年），頁235。

13. 羅蘭．巴特（Roland Barthes），《S/Z》（*S/Z*），屠友祥譯（上海：上海人民出版社，2000年）。

14. 闡釋符碼的內涵是「某個謎被指向、提出、闡明、繼而拖延、最終豁然解開」，而巴特認為，敘事文本的「關鍵是在謎底的最初裂隙處保持住謎」。見巴特，《S/Z》，頁83、157-158。

15. 許浩然，〈戰時重慶國泰大戲院話劇演出研究〉，碩士論文，重慶師範大學，2009年。

16. 托馬舍夫斯基，〈主題〉（"Thematics"），姜俊鋒譯，方珊校，《俄國形式主義文論選》，頁127。

17. 羈魂（胡國賢）、路雅、譚福基、王偉明、胡燕青、溫明、吳美筠，《七葉樹》（香港：詩雙月刊出版社，1991年），頁32。

18. 繆文遠、繆偉、羅永蓮譯注，《戰國策》，上冊（北京：中華書局，2012年），頁483。

19. 張俊綸，《楚國八百年》（武漢：崇文書局，2016年），頁196-204。

命運交織的宴會

路雅〈流動的椅子〉、〈花道與茶藝〉

命運交織的宴會

路雅〈流動的椅子〉、〈花道與茶藝〉

一、織網：交叉的視角

路雅〈流動的椅子〉、〈花道與茶藝〉為姊妹篇，內容均是寫橋本太太家的一場宴會。〈流動的椅子〉採取非聚焦型視角，「從容地把握各類人物的所作所為、所思所想」[1]；〈花道與茶藝〉則主要以米高為觀察者，聆聽別人的意見並作出反饋。將兩篇合併來讀，除人物、對話可圈可點之外，路雅尚未說破的文本謎團亦極能挑戰讀者，引人再三咀嚼。

二、縱線：小說人與言

（一）人物：局中與局外

路雅〈流動的椅子〉和〈花道與茶藝〉人物眾多，且彼此背景有異，宴會上討論的內容也不算集中。為讓讀者更快對兩篇小說有所掌握，以下先按出場次序列出主要角色，並對他們作一簡單介紹。

角色	簡介
橋本太太	中國籍，股票投資自由人，喜歡購買藝術品，如小說提到的明式黃花梨長几、十二花神杯、丁衍庸的《雙鶴圖》、《貴妃出浴圖》、朱銘（1938 － ）的太極銅雕，以及被閒置在貨倉裏很久、由美籍埃及人卡里姆．拉希德（Karim Rashid, 1960 － ）設計的椅子等；學習日式插花，享受其過程。
米高	祖籍潮汕的歸僑，則師，認為傅抱石（傅長生，1904 － 1965）一張小小的《蘭亭雅集》賣了超過三千萬是「匪夷所思」；跟江南聊相機，杯來杯去地與橋本先生喝「響」威士忌；當太太衛凱澄勸他少喝點時，他拋出「耶穌把水變酒」的《聖經》記載自解；從「老闆茶」和漁民想到裝修工人，有感地發言。
橋本先生	日本人，則師，包容太太購買大量藝術品，接過有關徐冰（1955 － ）的話題時，提出書法家很少失手；講究生活品味，可能是音響發燒友，家中有Spendor LS3/5A書架型監聽喇叭；拿出山崎釀製的十二年「響」威士忌，並引用李白（701 － 762）的「呼兒將出換美酒，與爾同銷萬古愁」，為米高多喝點酒找藉口。
衛凱澄	生於香港，移民加拿大又回流，是平面設計師；在匹茲堡唸大學，之後往三藩市攻讀廣告，在那裏邂逅米高；曾為飲食集團、中資銀行和機管局等設計多個出色項目，得過各種大小獎項；隨意應答關於徐冰和花道的討論，提醒米高要開車，不宜喝太多酒；因為白雲的「老闆茶」，而感嘆漁民的際遇。

角色	簡介
白雲	在中國大陸出生，九歲時移居香港，是白手興家、從事印刷的詩人；聊起丁衍庸，印過莫一點（1947 － ）交來的丁公畫冊；接續傅抱石的題目，讚嘆傅的山水畫；為十二花神杯驚呼，把一包「老闆茶」送給橋本夫婦；對茶道的禮儀頗為熟悉，又滔滔不絕地給眾人介紹中國茶文化。
曾啟賢	在香港土生土長，中大哲學教授，是殷海光（殷福生，1919 － 1969）徒孫、黃展驥（1934 － 2014）同門師叔姪；在宴會上介紹花梨木，説椅子被藏匿在貨倉裏，可能要算是它的「幸福」；從電影《緣份的天空》（*Sleepless in Seattle*）扯到美國總統唐納・川普（Donald Trump, 1946 － ）的「即興劇」，又憶述在京都交流時曾經接觸茶道。
江南	商人，從事電影工作，看上去年過四十；喃喃自語地説出些頗富哲理的話，談丁衍庸時，表示自己曾與丁公學生莫一點相交；整晚拿着相機，似乎在替大家拍照，原來並未裝上菲林；雖然沒人留意，但其實當晚喝的酒最多。
段姬	湖南姑娘，足跡遍及上海、戈壁、香港、米蘭，曾入選港姐，成為電視藝員，偶爾也拍廣告，現已淡出娛樂圈；多才多藝，與橋本太太一起學插花，對花道的起源、精神皆有認識，特別傾心於佐野珠寶（Shuho, 1967 － ）；能對蛙王（郭孟浩，1947 － ）、徐冰的藝術略加評點，亦不讓人感到她在炫耀；熟諳中國的茶文化，不喝酒，清醒地發出對人事聚散的唏噓。

從整理好的資料可見，小說的角色來自五湖四海，有收藏家橋本太太，也有能推衍話題的各式藝術愛好者，如詩人白雲和設計師衛凱澄，也有理性的曾啟賢教授和電影人江南注入哲思，有言笑盡歡的橋本先生和米高隨時熱絡氣氛，並有聰明善感的段姬全方位參與回應，使宴會鮮見冷場，且產生一定的平衡感。

直接登場的角色之外，更多人是「不在場而在場」。除卻上表列出的耶穌基督、李白、傅抱石、殷海光、黃展驥、朱銘、蛙王、莫一點、徐冰、拉希德和佐野珠寶外，眾人在言談間還提及陸羽（733－804）、三毛（陳懋平，1943－1991）、徐展堂（1940－2010）和安迪·華荷（Andy Warhol, 1928－1987）等人，旁白亦提到跟丁衍庸合稱「廣東三傑」的林風眠與關良（1900－1986）。豐富的「文化符碼」不但能喚醒讀者記憶，或刺激其作更多宗哲、藝文方面的探索，亦很能配合社會賢達的宴樂情況，有助於營造真實感。

（二）對話：淺層與深層

路雅像寫〈殺人者〉（"The Killers"）和〈白象似的群山〉（"Hills Like White Elephants"）的厄尼斯特·海明威（Ernest Hemingway, 1899－1961），透過簡潔精警的對話，就把「行雲流水的白雲」、「曾啟賢的冷靜和理性」、江南的出奇難測、段姬的富於修養等表現出來，語言高度凝煉。

同時，誠如顏天佑（1948－2009）析說《閒情偶寄》時所指出的：「文字再精彩、情節再曲折，一缺少了插科打諢的點綴調劑，不只是俗人怕看，恐怕連雅人韻士，也免不了要打瞌睡了。」[2]路雅〈流動的椅子〉、〈花道與茶藝〉的對話除了顯示人物的學識之外，亦間中鋪展幾張笑笑鬧鬧的彩畫，既塑造出幽默大方的角色，又讓整場宴會平添生氣。

最典型的例子，是米高為了開懷暢飲，而引用《聖經》掌故：「少擔心啦！聖經不是說，耶穌把水變酒？」他的酒友橋本先生也背出李白的〈將進酒〉來：「對呀！李白也說：呼兒將出換美酒，與爾同銷萬古愁！」兩名男士果真如敘述者說的：「想喝酒，甚麼道理都會找出來」。讀者從橋本先生流利唸誦唐詩一端，即可推測他與眾人全晚溝通無礙；更有趣的，是《聖經》與李白詩歌大抵皆具有「權威性」，引述者能「用簡單的見證來宣布永恆的真理」[3]，米高和橋本卻都是挪用來為「歪理」張目，消解了經典的嚴肅意義，顯得幽默而靈巧。其次，橋本先生在談到太太買的藝術品堆滿家宅時，說自己「娶了這個老婆，自此沒立足之處」，也很貼合「善戲謔兮，不為虐兮」[4]的自嘲之道。

往深層看，小說裏一些對白雖與上下文沒有明顯的因果關係，卻能起着銜接段落的作用，具見路雅之心思。舉例來說，〈流動的椅子〉藉旁白交代：「今時今日，印刷已經是夕陽工業，根本沒有人入行」後，橋本太太即指着《貴妃出浴圖》說：「那張畫是很多年前從拍賣行買的，現在都跌了價」，以呈下降趨勢的「跌了價」和「夕陽」含蓄地扣連，筆法可謂深邃。

某些看似完全斷裂的對白，亦屬別有洞天，在罅隙裏另含着訊息。〈流動的椅子〉中，孤身住在香港的段姬說道：「丁公一生漂泊，死時沒一個家人在身邊……」話語背後，大可能藏着「感懷身世」的意味。橋本太太卻在隨便應一句「人生就是如此，離離合合」後，就興奮地談起那張能讓「兩人對坐的椅子」Clicquot Loveseat：「我第一眼看見就把它買下來！難得兩人相聚啊！」讀者於此可作迥然相背的兩重理解：一是橋本太太未夠細膩，無能體會段姬的深層心理，因此才以樂應悲；二卻是橋本太太身為東道主，極敏銳地洞察到段姬的傷感，又極靈活地轉移話題，以免宴會的氣氛變得低沉，其心思是剔透極了。

綜言之，路雅能利用對話，塑造出形神兼備的角色，捕捉宴會上的哀樂，還穿插可賞可玩的機巧銜接，並給讀者留下自由填充的空白，頗具「言有盡而意無窮」[5]之妙。

三、橫線：文本喻與秘

（一）椅子：流徙的隱喻

〈花道與茶藝〉這一題目不太難理解，宴會眾人確實是圍繞日本花道、茶道和中國茶藝來交流意見，但另一邊廂，〈流動的椅子〉可能讓人較為疑惑。橋本太太在小說開端說她在連卡佛買了張Designer Chair，四百一十六個星期後方發覺尚未送貨，目下可能需要請人代她「收留」該椅——作者由此帶出了「流動的椅子」。然而在這之後，宴會諸人便愈扯愈遠，後文雖一度重提那被放在倉庫的Clicquot Loveseat，卻也只是隻言片語、浮光掠影，「流動的椅子」為何會用作小說的篇名呢？以下試行解釋。

1. 難承受的憂傷

宴會之上，段姬是最出彩的人物。她不僅學識廣博，談吐得宜，更有着一顆真摯易感的心。〈流動的椅子〉尾聲，路雅濃墨重彩地寫出了段姬的感慨。下面將照原文直錄，唯在每段前加注英文字母，以助辨識：

> （A）段姬不明白，在這城市生活的人每天營營役役，究竟追求甚麼？也許今夜之後，各散東西，沒有人會記起……

(B) 常見人說在人群中忽然發覺自己不屬於這世界，那種孤獨感，是否就是白雲說的不能預計的失落？因為寂寞到不知心放何處才是最悲傷的事。

(C)「九十六個月，過得好快啊！」橋本太太低呼：「現在也應該是時候給它一個家。」

(D) 不同背景的人，卻生活在同一小島，不是身不由己，只是不知何時才可歇息，像那張流浪的椅與行雲流水的白雲，還有曾啟賢的冷靜和理性。

(E) 三毛自殺，不是走不出茫茫沙漠，她走不出的是她自己的內心世界。

(F)「誰找到地方暫放椅子，告訴我。」大家都飲至酒酣耳熱之際，橋本太太說。

(G) 每人都有自己的奔途，只是明天誰帶領我們走出紅海呢？生命中太多未知的因素，無涯漂泊似乎是居住在這小島上的人命定了的未來，前面是遙不可及的彼岸。

段姬這份「不能承受的過量憂傷」[6]，很值得我們抽絲剝繭，細加剖析。可以看出，她在宴會上並非虛應故事，而是真的把眾人的話都聽進心底。她不獨能以「行雲流水」形容隨興談藝的白雲，以「冷靜和理性」概括介紹花梨木和指出椅子幸福的曾啟賢（D節），更能彙整所接收的訊息，繼續沉思三毛悲傷的往事（E節），或從米高的笑話轉化出同樣來自《聖經》的「出紅海」典故（G節）。段姬的思緒猶如綰合起整場宴會的談話內容，這可見她認真聆聽，反覆思量，絕非逢場作戲地假裝投入。

B節的表現更特別：〈流動的椅子〉似乎沒有白雲陳說「失落」的片段。那麼，段姬所聽見的內容，可能是白雲說過但路雅略去未表的，也可能是段姬觀人入微，緊扣白雲的身世而生起了感觸。小說寫過：

「白雲雖然國內出生，卻在香港長大，看盡盛世浮華，往事如煙，人老了記憶漸漸變得模糊，有時會迷失在匆匆來去中……」詩人白雲，確也有「寂寞到不知心放何處」的時候。

2. 被禁錮的生趣

段姬想到宴會眾人隨時都可能「各散東西」(A節)，原因有二：一來，她自己就曾浪跡戈壁、米蘭等地，飽嚐漂泊滋味；二來，是她留意到主人家和賓客均有千差萬別的背景。「日本人的橋本和他中國籍的妻子。祖籍潮汕的歸僑米高與香港出生移民加拿大又回流的衛凱澄。從國內移居香港的白雲，還有土生土長的曾啟賢教授」，這個組合，在在顯示出人生的聚散難以逆料。

必須留意的是，據〈流動的椅子〉，米高知道段姬「來了香港八年」，而橋本太太形容椅子有多久處於無「家」狀態時，用的乃是「四百一十六個星期」和「九十六個月」兩種說法。可換算下來，「九十六個月」和「四百一十六個星期」即是「八年」——明乎此，則路雅將段姬和椅子連在一起，可謂已確鑿無疑。

故此，當橋本太太低呼「九十六個月，過得好快啊」，並要給椅子找「一個家」時(C節)，敏感的段姬應會把自己代入椅的位置，因無法覓着固定的「家」而悵惋，生趣如被「禁錮」[7]，難展歡顏。她與無知無覺的椅子，竟也有了共感。

照此看來，〈流動的椅子〉實是以「湖南—上海—戈壁—香港—米蘭—香港」四處遷徙的段姬為主角，小說標題所指向的不只是等待被收留的Designer Chair，更是「流動」無家的段姬。這樣，〈流動的椅子〉之篇名就亦不難理解，且讓人覺得別具意蘊了。

3. 時間差的見證

略作補充，根據路雅自言，他在〈流動的椅子〉和〈花道與茶藝〉裏安排了「羅生門」：前作說段姬在香港八年，後作卻大有出入，說她「不經不覺來了香港，已經三年八個月了」。

如果必須消解這重對立，我們或許可據段姬所說的：「離開TVB，剛好有份兩年合約在米蘭」，想像她前後在港住滿「八年」，而「三年八個月」僅僅計算她從米蘭回來後的日子。

但關鍵還是，路雅要藉着「八年」和「三年八個月」作出暗示：讀現代史，「八年」最容易叫人想起中國對日本的「八年抗戰」[8]，而「三年八個月」則很可能勾起讀者對「香港日佔時期」的記憶。歷史上，「八年」的主體是神州大地，「三年八個月」的主體則是南方小島——「八年」和「三年八個月」的差異，給出了特殊的「時間見證」[9]，正象徵了段姬在認同中國身份或香港地區身份方面的矛盾：她入選過港姐、曾在TVB工作，貼上了具備香港文化特色的標誌，可同時亦「感懷」百端，有「孤單伶仃在香港」的唏噓。

（二）江南：離奇的人生

路雅多次提到江南的神秘和難以理解，例如〈流動的椅子〉寫眾人喝酒，米高和橋本先生杯來杯去，卻「沒有人留意，喝得最多的竟是江南……」小說的結尾還特別標示：「時間到了，各人自會各自歸家，只有江南，從來沒有人知道他來自何方？」

在〈花道與茶藝〉，不說作客的米高原先不認識江南，連宴會的主人橋本太太也對他全然陌生：「沒有人知道江南的真正身份，連橋本太太也一無所知，只知道他是個電影工作者，究竟拍過甚麼電影？有否賣埠？市場在國內還是東南亞？一概不知。」

《紅樓夢》在寫榮國府元宵開夜宴後，脂硯齋庚辰批本的第五十五回忽然橫加一段：「將宴樂俱免，故榮府今歲元宵亦無燈謎之

集」，引人注目，催發聯想[10]。奇特的客人江南亦一樣，他滿帶謎團，能夠「撩起觀眾的好奇心，創造出『想知道的欲望』」[11]。

羅伯特．麥基（Robert McKee, 1941 －）嘗言：

> 把「為甚麼？」這個問題植入觀眾腦海。「這個角色為甚麼做出這種事？這件事為甚麼沒發生？那個結果為甚麼沒發生？為甚麼？」觀眾一旦有了想知道更多的渴望，再複雜的戲劇背景細節也能順利理解。[12]

路雅設計的「江南之謎」固然是「複雜」的，但讀者若有「渴望」，願意細心檢視小說已經呈示的部分，並加以串連，則必定可「順利理解」江南的經歷，揭開那張神秘的面紗。

1. 沒來由的熟悉

值得注意的是，在橋本太太家的宴會中，段姬與江南有種種奇妙的遇合，可是又往往若即若離，無法好好溝通。兩人首度有眼神接觸時，〈流動的椅子〉如此寫道：

> 「我經歷太多了……有時會讓人迷失。」段姬瞥了江南一眼，沒想到兩目相交彼此都輕輕晃了晃。對於江南，段姬似遙遠又接近的眸色，不知從前哪裏遇過？

〈花道與茶藝〉一貫以米高為觀察者、敘述者，可是也故意來了段短短的「敘述者違規」[13]，直接寫段姬與江南碰面的心聲：

是啊，我在何時何地見過他呢？段姬也一臉茫然地望着江南，想了又想，總是沒頭緒。那點熟悉的感覺好遙遠……

或許正因這份「熟悉」[14]，當眾人都較少留意江南時，段姬卻會不經意地跟江南有些小小的互動，如〈流動的椅子〉寫她憶述四處漂泊的日子，轉瞬之間，又不忘向江南「頷首」傳意：

「我到過戈壁……小時候跟外婆住在上海。」段姬頓了會兒說：「離開 TVB，剛好有份兩年合約在米蘭。」她從橋本太太手裏接過碟子，挾了隻冰鎮鮑魚，跟着遞給江南，頷首告訴他橋本太太的廚藝靠得住。

〈花道與茶藝〉的以下段落看似閒筆，卻是蘊藏玄機：

「你呢？你為甚麼會走去演戲？」凱澄朝着段姬問，再轉向曾啟賢：「如果生命是個早已編寫好的故事，偉大和渺小是否已失去意義？」

曾啟賢吃着一尾酥炸鳳尾魚，做這平價小食，現在已經很難找到新鮮的小魚了。

「你累了的時候，會做甚麼？」沒想到段姬沒有答她的問題，卻轉去問江南。

「喝茶。」曾啟賢幽默地答。江南來不及回話。

哈哈，好……就喝茶去！大家在連串沒答案的問題後，異口同聲。

段姬被問到何故選擇去「演戲」，按她在宴會全程之應對得體、有問有答來看，她原該很自然地接過衛凱澄的話頭；可是，段姬偏偏「沒有答她的問題」，反而是轉向「熟悉」的江南，像禁不住關懷地問他怎樣排解身心之「累」。

段姬未曾回答「為甚麼會走去演戲」這一問題，讀者卻可猜測：因為「不知從前哪裏遇過」、似有宿世之緣的江南就是從事「電影工作」，冥冥之中，影視這一行業便對段姬有了無形的吸引力。

2. 跨小說的蝴蝶

不管這種猜測是否成立，讀者從路雅悄悄安排的「蝴蝶」細節之中，必定可發現段姬和江南有着更多突破時空、千絲萬縷的神奇連結。〈花道與茶藝〉寫段姬的裝束謂：

> 段姬有着把長長秀髮，身上簡簡單單一襲便服，米黃色繡碎花上衣，襟頭扣着枚造工精細，金光閃閃的金花蝴蝶別針，下身配以深藍色直身裙，剛好蓋着足踝，露出小小的鞋尖，文文靜靜。

當中焦點，乃是那枚「金光閃閃的金花蝴蝶別針」，與〈生死篇〉寫的江南襯搭適好相合：「最妙就是上衣那條口袋小巾，暗紅色繡着一隻金花蝴蝶」。讀者諒必可察覺這複現的「金花蝴蝶」，因為〈生死篇〉再三提起過它——江南死去，「屍體上伏着一隻金花蝴蝶」，他「衣衫化燼，但很奇怪伏在胸口的一隻金花蝴蝶卻依舊金光閃閃」。

藉由「金花蝴蝶」，路雅反覆提示：〈生死篇〉的江南和段姬實際有着關連。然則，〈流動的椅子〉、〈花道與茶藝〉和〈生死篇〉的江南並非互不相干的同名角色，雖然跨越四五百年，但他們就是同一個人。

據此引申，〈生死篇〉中戀慕江南的翠兒亦彷彿段姬——翠兒是由「蝶蛹」化生的，而段姬在有所領悟時，神情即「如春夢初醒的彩蝶，剛破繭而出」[15]。此外，〈花道與茶藝〉的江南「很難忍受數碼機對光影表述的冰冷」，〈生死篇〉的江南則是「很難忍受」電腦管控下生活的「冰冷」。種種契合，都呼喚讀者將〈流動的椅子〉等三個文本聯成一片來看。

3. 可重組的生命

如是者，我們可嘗試結合三篇小說，勾勒江南較為完整的平生：

(1) 據〈生死篇〉所記，江南死時，身上的防火信封存放着「一張完整無缺的度牒」。路雅於小說後附注：「度牒起源於北魏」，特意說明這種證明文件的古典色彩，暗示江南並非現代之人。相應地，〈花道與茶藝〉的米高也覺得，江南「最特別是帶着那永不褪色的古代氣息」。

(2) 在〈流動的椅子〉和〈花道與茶藝〉的年代，川普正坐在第四十五任美國總統的位置上，故斷限為2017至2021年；〈生死篇〉的時間，則起碼已是E130年，即約西元2500年以後[16]。歷經許多春秋，江南一直保持着不老不死，〈流動的椅子〉說他是「看上去年過四十的中年漢子」，〈花道與茶藝〉說他像「四十餘歲的中年男子」，而到了〈生死篇〉，他「單從外表看」，仍然「絕不過四十歲」。

(3) 合理推測，江南在橋本家的宴會上與段姬一見鍾情，自此偏愛「金花蝴蝶」裝飾。段姬離世後，江南仍想與她再續前緣，於是弄出了一場「光影與時間」相交的實驗，但陰錯陽差，他跌進了同樣以「蝴蝶」為記的翠兒的夢，令四百年後才出生的翠兒愛上了他。

(4) 到電腦監督全人類的時代，江南被編進BM746組，負責能源補充[17]。他拒絕了翠兒的求愛，利用科技的盲點，順利在「真實電影」中焚身而亡，並讓翠兒再度昏睡。江南胸口上兀自「金光閃閃」的金

花蝴蝶，既象徵他對翠兒未嘗無情，也寄寓他對段姬數百載不變的縈念。

析說至此，再回讀江南在〈流動的椅子〉所喃喃自語的：「每件留下來的物件，都會有個故事」，不免要感觸他在漫長的歲月裏「留下來」，本身就已是個大有「故事」之人。續看他在〈花道與茶藝〉說的：「攝影重要的部分，在於看不到的部分。甚麼都得用心去看，因為鏡頭做不到。沒有瓶口下面的世界，花材也做不到」，其所表徵的，正是〈生死篇〉、〈流動的椅子〉和〈花道與茶藝〉呈現出肉眼可視的「花材」，但讀者必須「用心去看」，方可窺透「瓶口下面的世界」，掌握江南生命「重要的部分」。

末已，如〈流動的椅子〉及〈花道與茶藝〉所示，江南是位「電影工作者」；在〈生死篇〉，路雅則安排江南死在一套「真實電影」中。從這種刻意的佈置中，我們既可看出路雅之注重呼應，也不禁為宿命之難逃興嘆[18]。

四、流動：觸網的餘震

路雅小說集的標題字眼「流動」，其實暗合於《二十四詩品》的終章〈流動〉。〈流動〉所云：「超超神明，返返冥無。來往千載，是之謂乎」[29]，亦正與閱讀段姬、江南、回首前文（〈生死篇〉）的感覺相應。

《二十四詩品》以〈流動〉作結，復歸於開首的〈雄渾〉，是致敬了《易經》的「乾」及「坤」卦始、「既濟」及「未濟」卦終[20]。路雅詩集中，《隨緣》和《隨圓》皆是採用這種周而復始的結構，秀實（梁新榮，1954 － ）即曾大加嘆賞[21]；到小說付梓，路雅又以「流動」接上《二十四詩品 · 流動》，提醒讀者：當凝眸於向來蕭瑟處，感受如觸網後的餘震蕩漾。

是以，〈流動的椅子〉和〈花道與茶藝〉置於全書之末，就像一面回音壁，時時在讀者心中敲出迴響。除了前述的〈生死篇〉外，米高想及「人的際遇，幻變無常，出海的漁民常要面對狂風巨浪」，就讓人直接記起〈四個男人的故事〉之木棉；衛凱澄的經歷，又使讀者油然想到〈滄浪 · 浮生〉裏移民海外、同在匹茲堡唸書的「我」。

促成複讀的同時，一張線與線互相勾連的網彷似有其生命，復能持續擴展，如由於江南而重唸〈生死篇〉，見「離開江南後，翠兒拒絕過太空飛行員、教師、健身教練……最後接受了一個公車維修技工」，只覺與〈楚幽王劍〉的程鷺相似——「她揀了一個又老又糟的老頭嫁」。

無數種線索，似斷實連，或許正符合朱良志（1955 – ）所釋說的《二十四詩品 · 流動》精神：「欲創造流動之境界，必加入到萬物的聯繫之中，去體會萬物彼攝互聯的精神，在聯繫中把握流動，在流動中把握聯繫。」[22]

本篇小論的標題，則是仿自伊塔羅 · 卡爾維諾（Italo Calvino, 1923 – 1985）的名著《命運交織的城堡》（*The Castle of Crossed Destinies*）。袁瓊瓊（1950 – ）為該書中譯本撰寫「導讀」，嘗謂：「本書收束於一個當下，一個停格的剎那。一切在結束，一切在開始。」[23]移用來說〈流動的椅子〉和〈花道與茶藝〉——它們既是一集之終，又是回顧前面篇章的起點——看來真是適切不過。

後記

曾啟賢於宴會上談到《緣份的天空》，湯・漢斯（Tom Hanks, 1956－）和美琪・賴恩（Meg Ryan, 1961－）主演。2021年12月24日，趁着在紙藝軒開完聖誕聯歡會的晚上餘暇，我重溫了這部電影。巧合地，電影也是以聖誕為背景。一邊看，一邊想到路雅的幾篇小說都跟聖誕節有關，如〈四個老人的故事〉有「聖誕禮物」一章，〈滄浪・浮生〉用「聖誕已過」渲染「我」的感傷，《風景練習》的〈冬末〉以聖誕之璀璨熱鬧，反襯「我」的悵惘落寞……加以概括，或可成為日後研究的新一章。

無論如何，曾啟賢所說：「每個人都有一個角色，分不清夢中還是真實世界。你有你的、我有我的、在不同時空，各自扮演自己……若然有幸同場，或許那就叫緣份吧」，百分之百能切合江南的感情故事，促人細味。

注釋

1. 胡亞敏，《敘事學》，第2版（武漢：華中師範大學出版社，2004年），頁25。
2. 顏天佑編撰，《閒情偶寄：藝術生活的結晶》，第3版（臺北：時報文化出版企業股份有限公司，1997年），頁94。
3. Algirdas Julien Greimas, "Les proverbes et les dictons," *Du sens: Essais sémiotiques* (Paris: Éditions du Seuil, 1970), p.313. 中譯見阿爾吉爾達斯．朱利安．格雷馬斯，〈成語與諺語〉，《論意義——符號學論文集》，吳泓緲、馮學俊譯，上冊（天津：百花文藝出版社，2004年），頁326。
4. 程俊英譯注，《詩經譯注》（上海：上海古籍出版社，1985年），頁100。
5. 嚴羽，〈詩辨〉，《滄浪詩話》，黃景進撰述（臺北：金楓出版社，1999年），頁34。
6. 借自路雅詩集之名，見路雅，《我不能承受過量的憂傷》（香港：紙藝軒出版有限公司，2009年）。
7. 借自路雅詩集《生之禁錮》的名稱。
8. 路雅對中日戰爭的關注，亦可見於〈楚幽王劍〉。無獨有偶的是，〈流動的椅子〉的初稿完成日期為2019年7月7日，即「七七事變」的紀念日。現時，「八年抗戰」的說法多修訂為「十四年抗戰」，從1931年的「九一八事變」算起。
9. 借自路雅詩集之名，見路雅，《時間的見證》（香港：紙藝軒出版有限公司，2007年）。
10. 俞平伯（俞銘衡），〈《紅樓夢》下半部的開始〉，《紅樓小札》（香港：三聯書店有限公司，2021年），頁83-87。
11. 羅伯特．麥基（Robert McKee），《故事的解剖》（*Story: Substance, Structure, Style and the Principles of Screenwriting*），戴洛棻、黃政淵、蕭少嵫譯（臺北：漫遊者文化事業股份有限公司，2014年），頁333。
12. 麥基，《故事的解剖》，頁333。
13. 胡亞敏，《敘事學》，頁51。

14. 路雅沒有解釋這種「熟悉」的原由，全然是把它留給愛書人想像。筆者隨意發揮，倒是記得李碧華（李白，1958-）編劇的電影《秦俑》——蒙天放因服下仙丹而長生不死，其愛人冬兒則幾度轉生，成了朱莉莉、山口靖子，而皆與蒙天放有着似斷還續的因緣。

15. 段姬、翠兒和「蝴蝶」的聯繫，請見〈四十心如水，夢為蝴蝶狂：再論路雅小說的重複〉一文。

16. 路雅在〈生死篇〉的開頭標示：「E130年（耶穌出生二千五百年）」。

17. 這或可視為路雅的「一語雙關」：長生不老的江南猶如有用不完的「能源」，持續為自己「補充」。

18. 附一瑣語：在俞萬春（1794-1849）的《蕩寇志》裏，「神醫」安道全是病歿的，獸醫「紫髯伯」皇甫端則是顧着稱讚一匹好馬而被人一刀砍死。角色之死與其專業有關，尤其使人想到冥冥之中自有定數。可參看俞萬春，《蕩寇志》，侯忠義校注，下冊（臺北：三民書局股份有限公司，2017年），頁883、1108。

19. 司空圖，《二十四詩品》，陳國球導讀（臺北：金楓出版社，1999年），頁110。

20. 朱良志，《〈二十四詩品〉講記》（北京：中華書局，2017年），頁192。按：此書論證《二十四詩品》當為虞集（1272-1348）所作，觀點甚具啟發性。

21. 秀實（梁新榮），〈未有不一者也——路雅《隨緣詩畫集》中的題畫詩〉，《望穿秋水——止微室談詩》（臺北：秀威資訊科技股份有限公司，2020年），頁124-128。

22. 朱良志，《〈二十四詩品〉講記》，頁194。

23. 袁瓊瓊，〈不只是牌戲〉，《命運交織的城堡》（*The Castle of Crossed Destinies*），伊塔羅．卡爾維諾（Italo Calvino）著，林恆立譯（臺北：時報文化出版企業股份有限公司，1999年），頁10。

輯 2

經歷·形象·典故
路雅小說的人物命名試析

·

四十心如水，夢為蝴蝶狂
再說路雅小說的重複

·

輕沾鳥獸群
路雅小說中的動物

·

說盡，說不盡
《流動的椅子》研析拾絮

經歷·形象·典故

路雅小說的人物命名試析

經歷·形象·典故

路雅小說的人物命名試析

一、引言

中國傳統文學裏，小說人物的名字不時藏着玄機，例如《紅樓夢》的甄士隱、賈雨村和「元迎探惜」，分別是寄寓「真事隱去」、「假語村言」和「原應嘆息」[1]。路雅《流動的椅子》角色眾多，在命名方面，亦時見作者的匠心。

二、配合人物經歷

路雅的常見手法，是將人物經歷及其名字相聯，例如〈楚幽王劍〉的唐亦存，「存」表示「保存」，「唐」則是中國的另種稱呼，其全名的意思是「保存中國（的文物）」。在小說裏，唐亦存本是一心牟利的商人，卻因愛上樊音，「拿了八條金條」去買「價值不菲」的楚幽王古劍，完完全全地「違反了基本的營商原則」。然而，正是靠着他出資，這柄古劍才沒有被法國人買走，中國寶物不必再「落在外國人手裏」。

路雅〈四個女人的故事〉有給季紅的專章，她是從中國大陸來香港唸書的女生。名字「季紅」，具有複義，一是指「一季紅艷」，對應的是她自山區來香港唸書，有一段時間生活在萬紫千紅的大都市中。第二，「季紅」的粵音與「瑰紅」相同，而瑰紅色的明亮、無垢、透徹，適足以和季紅的偉大情操相應：她沒有因城市的繁華而迷失，拒絕了教授的利誘，堅決返回偏鄉，培育那些資源匱乏的學子。

復舉一例，在〈賣詩的老人〉中，年輕的杜明勤勤懇懇地鑽研詩道，多方求益，卻未能了悟，後來因偶遇前輩白雲，獲其點撥，才深受啟發。白雲沒有教杜明甚麼寫詩技法，只是提醒他先把「人」做好，結果杜明不但在詩藝方面有所長進，也重新校正了做人做事的先後次

序——把「人」做好了之後，就不再把寫詩發表看得過於重要。「杜明」一名，其實即是諧音「道明」，喻指他能明瞭為人為詩的真道。

三、配合人物形象

路雅為角色命名，也常會考慮配合人物的形象。在出身背景方面，如水上人家名叫「木棉」、「春嬌」，在油麻地果欄開檔的男人名叫「順興」，這些都有現實依據，特別會讓香港讀者感到地道[2]；寫藏族人，路雅筆下有「扎西噶瑪」，藏語的「扎西」即吉祥，梵文的「噶瑪」即事業，這和扎西噶瑪的馬幫首領形象相符——他既要追求財利（事業），同時又要確保在盜賊出沒的商路上一切平安（吉祥）[3]。

在〈四個女人的故事〉裏，譚家熙醫生最吸引妻子的地方，是他把病人都當成家人看待。適好，「家熙」一名的「家」可指「家人」，而「熙」則有光明、和樂之意。其後，譚家熙又在〈四個老人的故事〉登場。他把「這幾年儲下的錢」拿出，「買下灣仔的舊樓」，讓年老的父母能夠「舒舒服服地安享晚年」，以致老父感動泛淚。可以說，譚家熙除了關切病患之外，亦確實是自己「家」庭「熙」（光明、和樂）的來源[4]。

〈楚幽王劍〉的另一名女角是程鷺，她「生長在一個富有的華僑家庭」。「程鷺」諧音「情露」、「呈露」，隱示其感情表露毫無遮攔，行事每每突破常規。她愛上窮光蛋袁立君，為了留住男方，竟坦然地「將自己也給了他」，這在「那個年代」，對「一個少女」來說，實在「是不容易的事」。無奈，袁立君依舊不敢高攀豪門，程鷺於是嫁給中年男人「作填房」，而且故意挑了個「又老又糟的老頭」。為了向袁立君顯「露」失望之「情」，她連婚姻也「當作一樁交易」來辦，感性「呈露」，淩駕理智。

更特別的，是順嫂，她出現在路雅〈四個老人的故事〉裏。順嫂本名「美儀」，年輕時與淑雯為情敵，二人曾一度暗中較勁，爭風吃

醋——從「美儀」之名，讀者或可想像順嫂昔日的姣好外表。

隨着時間流逝，「美儀」無復青春，變成徹頭徹尾的「順嫂」，這時的「順」字，又屬別富深意：宏觀地看，她「順」着時代洪流，見證了社區的變貌、香港的跌宕；微觀地看，她變得活在當下，能夠「順」時而動。為甚麼說她「順」時而動？原因是，她的心境不再停留往昔，偶然再遇淑雯，她眼中只有「暖暖的關愛」，並無芥蒂；她因回憶而有點唏噓，但絕不沉溺，一想起兒子的女友要來家裏，就立即向前望，計劃要為她「加點餸」。「順嫂」之「順」乃其最大特點，路雅在為其取名時已經早作暗示。

至於某些隨文而出的人名，如〈楚幽王劍〉的「忠伯」，似亦能盡心為人辦事，「忠」之名，可謂下得切當。概言之，路雅能用角色名字映襯他們的性格形象，例子多不勝數，在小說集《流動的椅子》裏俯拾皆是。

四、藉由典故引申

《水滸傳》中，人物的姓名、綽號常含掌故，例如「大刀」關勝不僅因姓氏而連上關羽（? — 220），其名亦可與南宋將領「大刀」魏勝（1120 — 1164）相聯。較不顯眼、僅僅位列地煞星的「摩雲金翅」歐鵬，則是與據傳為大鵬金翅鳥轉世的「岳鵬舉」——岳飛（1103 — 1142）多處契合[5]。路雅《流動的椅子》中，不少角色的姓名都能引申出典故，此可借樊音、韋柏、金棠和齊非等人為例，加以說明。

（一）樊音／梵音

〈楚幽王劍〉的樊音，其名字與「凡音」、「梵音」相諧。「凡音」意指樊音只是個紛紜世間的平凡人物[6]，但她在抗日戰爭的大時代裏，能夠貢獻一己之力，參演救國話劇，並勞心保存文物，不讓楚幽王劍

落入洋人之手。樊音代表的是華夏常民的血性，而正正有賴這種精神，中國能熬過綿長的災厄，並且再度振興。

進一步拓寬讀者想像的，則是「梵音」。鄭愁予(鄭文韜，1933 －)有首新詩〈梵音〉，其第一節是：「雲遊了三千歲月 / 終將雲履脫在最西的峰上 / 而門掩着　獸環有指音錯落 / 是誰歸來　在前階 / 是誰沿着每顆星托缽歸來 / 乃聞一腔蒼古的男聲 / 在引罄的丁零中響起」[7]。〈楚幽王劍〉則有如下情節：

> 每次醒來，如果發現唐亦存已經起床，她會習慣假寐，這個「秘密」也許他早就知道。她只希望每天早上都能這樣過去。那麼明天他仍然留在身邊……
>
> 她希望那天永遠不會來。希望他不會跟她話別，這會很傷她的心，要不就是捨不得走。
>
> 那個早上，就和每個早上一樣，沒有甚麼特別。
>
> 沒有人了解生離死別有多痛。
>
> 他輕吻着臉，讓她眼睛緊閉。
>
> 她願那刻永遠留着，但今次顯然不同：她聽見漸遠的腳步聲，然後是輕輕的掩門，直到那一刻，她才讓淚水淌下來，缺堤一樣，披流滿臉……

樊音本來家居北平，惜因日軍入侵，不得不「雲遊三千歲月」，來到了「最西的峰上」，暫於重慶棲身，卻又因緣際會，遇見了所愛。奈何，樊音一心奉獻救國事業，不願隨唐亦存離開危地，二人終得分手。以私心論，樊音很希望唐亦存能夠「歸來」，希望他那「一腔蒼古的男聲」能再次「響起」。可惜不行，樊音知道自己將永遠失去唐亦存，「輕輕的掩門」將變成恆久的「門掩着」，其淚流披面，實在叫人

動容。從「樊音」這名字引出鄭愁予的〈梵音〉，小說與詩互相映照，路雅領讀者從另一角度再次感受樊音的傷心悽愴。

（二）韋柏／韋伯

在〈生死篇〉中，韋柏是受BM746組電腦指揮的人，他不喜歡服從冷冰冰的指令，更不喜歡別人用編號4353喊他，可他仍得日復一日地聽命「開工」。「韋柏」與「韋伯」諧音，路雅藉此隱射的是社會學家馬克斯·韋伯（Max Weber, 1864 － 1920）。

這要從現代的官僚組織說起：官僚制度具有「依法行使職權」、「層級節制」、「對事不對人」、「理性專業的分工」和「固定薪資給付」等特徵[8]，其主要貢獻在於實踐公平和提升效率。然而，韋伯對之亦有所顧忌：「一方面，他欣賞它，確信它是智力的成就，它的發展不可抗拒；另一方面，他感到憂慮，認為它在侵害着個人和民族的優良性格」[9]，使「人的主動性和自主性價值受到壓制」[10]，甚至會「毀滅掉任何超越的理想」[11]。

在路雅〈生死篇〉描繪的未來世界，官僚組織的「理性」、「層級」等可謂已走向極致。表面上，電腦的統治使得「人人平等」，消除了「剝削」的問題，但如同韋伯所擔憂的，人的自主也遭到犧牲。例如，所有人都隸屬電腦管轄，而電腦「不會容許人類結婚生子」，「卵子和精子結合」需要「完全配合優生學的原則」；人被賦予編號，不能查清自己的來歷，不能養寵物，不能自殺，只能「沒有驚喜」地接受設計好的一切……

評論認為，活躍於百多年前的韋伯「並未感受到科技官僚的日趨重要」，原因是「在他的時代裏，這個現象幾乎根本不存在」[12]。路雅則據韋伯的理論發揮，更進一步地想像由「科技」主宰人類以後，官僚組織如何抑制人的自主。他藉「韋柏」之名暗示「韋伯」，促使讀者

連結社會學名家，反思制度和個人的衝突，頗切合科幻小說的「人性」元素[13]。

（三）金棠／甘棠

〈滄浪・浮生〉有現代、古代兩條線索，古代線的主角是金棠和齊非。齊非在香格里拉遇見了似有宿世因緣的金棠，但由於其所屬商隊需要繼續上路，他只得告別金棠，豈料自此竟無法找回女方所住的村落，永失摯愛，遺憾終生。粵語裏，「金棠」與「甘棠」同音，而《詩經・召南》有〈甘棠〉一篇：

> 蔽芾甘棠，勿翦勿伐，召伯所茇。
> 蔽芾甘棠，勿翦勿敗，召伯所憩。
> 蔽芾甘棠，勿翦勿拜，召伯所說。[14]

由《詩經・召南・甘棠》演變出的成語「甘棠遺愛」，本義是指懷念德政。僅照字面解釋，同音相聯的「金棠遺愛」則是指齊非「遺」下了金棠這一「愛」侶，令二人陷入綿綿無絕的痛苦之中。

（四）齊非／齊格菲

愛上金棠的齊非，其名字亦有特殊含義。較簡單的，是像「金棠」引申出「甘棠遺愛」，「齊非」也能扣連成語「比翼齊飛」。《爾雅・釋地》有言：「南方有比翼鳥焉，不比不飛，其名謂之鶼鶼。」[15]齊非和金棠是命中注定的愛侶，本可如比翼鳥般相偕「齊飛」，但因男方隨商隊離開，以致鶼鶼折翼，二人的心靈都不再能雀躍起「飛」。

較深層的，是「齊非」能使人想到齊格菲（Siegfried）。齊格菲是德語史詩《尼伯龍根之歌》（*The Song of the Nibelungs*）的英雄人

物，亦是理察・華格納（Richard Wagner, 1813 – 1883）歌劇《尼伯龍根的指環》（*The Ring of the Nibelung*）之主角。阿道夫・希特勒（Adolf Hitler, 1889 – 1945）極度崇拜華格納，曾看過《尼伯龍根的指環》不下一百四十次，並自視為齊格菲的化身[16]。

希特勒的納粹黨深信香巴拉位於西藏，它隱匿着「蘊含巨大能量的地球軸心，即控制全世界的中心，可使時光倒流」，讓第三帝國得以返回二次大戰之初，修正錯誤的戰略，甚至組織「神族不死軍團」[17]。正由於此，希特勒派遣了多名探險者潛入西藏，展開調查，欲要覓着香巴拉的入口。

無獨有偶，齊非也一直渴望尋回香格里拉的所在，好與金棠再續前緣，修正當初選擇上路的錯誤。他苦苦追憶的那條村莊，正有着希特勒盼望的「不死」元素，凌逾於塵俗的「時光」：「這裏是一個沒有時間的地方」，「歲月沒帶走春天，一個不老的傳說，叫停了時間。」當然，那村子也和希特勒難以確定位置的香巴拉一樣，絕不容易闖進。〈滄浪・浮生〉如此形容：「在時間的長河，彼此要找到一個吻合等待的位置……才可以重逢。」而猶如盲龜值木，金棠已守候「萬年」，卻依然等不到齊非再來[18]。

路雅筆下的齊非固然不是魔頭希特勒，但「時光」、「不死」、「香巴拉」等元素偏令兩者並不完全隔閡。順帶一提，〈滄浪・浮生〉有對白人夫婦，即分別對應齊非和金棠的威廉與安娜。恰好，希特勒所崇仰的華格納，其全名正是Wilhelm Richard Wagner（Wilhelm即威廉），而與希特勒同死的情人，則是叫作伊娃・布朗（Eva Braun, 1912 – 1945），全名Eva Anna Paula Braun（Anna即安娜）。凡此種種，皆為〈滄浪・浮生〉的讀者留下無限思索空間——「時間本無源，流過之處亦無痕，人生卻有許多相交點」。

五、結語

綜合來說，路雅《流動的椅子》常在角色姓名中設置大大小小的「密碼」，有時需要讀者細加觀察，甚至旁搜遠紹，才能理解作家的深意。忽然記起米蘭．昆德拉（Milan Kundera, 1929 － ）所說的：「每一部小說都對它的讀者說：『事情並不像你想的那樣簡單。』」[19]路雅小說中的那些名字，不單是標出人物的符號，更是開啟文本豐富內涵的鑰匙。縱然短促，但它們都向讀者細訴：「事情並不像你想的那麼簡單。」

後記

也談談「白雲」的命名。白雲出現在〈楚幽王劍〉、〈賣詩的老人〉、〈流動的椅子〉及〈花道與茶藝〉中，據路雅自述，除了後兩篇的白雲為同一人外，其餘各篇的白雲都可看成只是同名，彼此沒有必然關聯。果然，如同天上之雲，角色「白雲」也是變化不居的。路雅散文〈但雲是沉默的〉裏說：「春天裏，如果陽光燦爛，舉頭將會看到那朵飄浮得像夢的白雲，但誰會想到它是從哪裏來，又往哪裏去？」[20]

注釋

1. 梁歸智，《紅樓疑案：紅樓夢探佚瑣話》（北京：中華書局，2008年），頁44；潘文國，《中外命名藝術：464種實用起名理論及方法》（北京：新世界出版社，2007年），頁159。

2. 以上三例，木棉和春嬌在〈四個男人的故事〉和〈四個女人的故事〉兩度亮相，順興則見於〈四個老人的故事〉。其中，「木棉」還能使人想及又稱「英雄樹」的木棉樹。路雅寫木棉頑強地面對「瞬息萬變」、「風雨」時作甚至刮起「颱風」的大海，毅然決然，要「把小妹送上岸去讀書」，這些都令該角色不乏英雄的色彩。另，春嬌因與木棉為同學，推測大家均是漁民出身，皆唸漁民學校。

3. 扎西噶瑪是〈滄浪・浮生〉的配角，其名字如果全用藏文作解，則「噶瑪」之意為星星，「扎西噶瑪」即吉祥之星。參考陳立明，《西藏民俗》（北京：五洲傳播出版社，2016年），頁59。

4. 路雅未有明示，但〈四個女人的故事〉裏，譚家熙曾喊過「韋姑娘」，這「韋姑娘」可能即是譚家熙的妻子。「韋」諧音「衛」，而譚家熙的太太確也一直是譚家熙的「保衛者」。她不但在工作上輔助譚家熙，更贊同其不屬主流的醫護理念，還在丈夫提出為父母買樓時，由衷地表示支持，可謂十分難得。

5. 蔣瑞藻（1891-1929）曾提及，從《易經》引申，宋江、李逵、劉唐、扈三娘等人的取名皆別富深意。或可參考馬蹄疾（陳宗棠）編，《水滸資料彙編》，第2版（北京：中華書局，1980年），頁411。

6. 路雅如此形容樊音：「她不算美艷動人，如果用花來形容她的美態，你會把她喻為茉莉，沒有甚麼風姿綽約，從她身上只會散發出淡淡的幽香。她的美麗，是屬於較內斂的那種。」

7. 鄭愁予（鄭文韜），《鄭愁予詩選集》，再版（臺北：志文出版社，2010年），頁139。路雅為水禾田（潘炯榮，1946-）的一本畫冊撰寫「首語」時，亦曾引用這首詩作的其中三行，見水禾田，《101缽子》（香港：水禾田工作室，2021年），別冊。

8. 高凱，《行政學（概要）》（臺北：高點文化事業有限公司，2017年），頁27-29。

9. 譚融，〈馬克斯・韋伯「官僚制」理論探析〉，《武漢大學學報（哲學社會科學版）》第66卷第6期（2013年）：頁52。

10. 安東尼・吉登斯（Anthony Giddens），《資本主義與現代社會理論：對馬克思、涂爾干和韋伯著作的分析》（*Capitalism and Modern Social Theory: An Analysis of the Writings of Marx, Durkheim and Max Weber*），郭忠華、潘華凌譯（上海：上海譯文出版社，2013年），頁298。

11. 沃爾夫岡．施路赫特（Wolfgang Schluchter），《超釋韋伯百年智慧：理性化、官僚化與責任倫理》，顧忠華、錢永祥譯（臺北：開學文化事業股份有限公司，2013年），頁146。

12. 朱利安．佛洛因特（Julien Freund），〈韋伯的學術〉（"German Sociology in the Time of Max Weber"），簡惠美譯，康樂、黃道琳校訂，錢永祥定稿，《學術與政治：韋伯選集》，馬克斯．韋伯（Max Weber）著，錢永祥編譯（臺北：遠流出版事業股份有限公司，1991年），頁82。

13. 鄭錠堅，〈武俠小說與科幻小說的創作元素〉，《天真之旅——武俠小說與科幻小說論文集》（臺北：文史哲出版社，2016年），頁241。

14. 程俊英譯注，《詩經譯注》，頁27。

15. 李學勤主編，《爾雅注疏》，郭璞注，邢昺疏，李傳書整理，徐朝華審定（北京：北京大學出版社，1999年），頁195。

16. 丹尼爾．史諾曼（Daniel Snowman），《鎏金舞台：你不可不知道的歌劇發展社會史》（*The Gilded Stage: A Social History of Opera*），安婕工作室譯（臺北：信實文化行銷有限公司，2017年），頁323-326；喬納森．哥德夏（Jonathan Gottschall），《故事如何改變你的大腦？——透過閱讀小說、觀看電影，大腦模擬未知情境的生存本能》（*The Storytelling Animal: How Stories Make Us Human*），許雅淑、李宗義譯（新北：木馬文化事業股份有限公司，2014年），頁194。

17. 周健，《探索謎樣世界：神秘現象狂想曲》（臺北：五南圖書出版股份有限公司，2015年），頁87。

18. 「盲龜值木」的典故，見於《雜阿含經》卷十五：「爾時，世尊告諸比丘：『譬如大地悉成大海，有一盲龜壽無量劫，百年一出其頭，海中有浮木，止有一孔，漂流海浪，隨風東西。盲龜百年一出其頭，當得遇此孔不？』阿難白佛：『不能。世尊！所以者何？此盲龜若至海東，浮木隨風，或至海西，南、北四維圍遶亦爾，不必相得。』」

19. 米蘭．昆德拉（Milan Kundera），〈被貶低的塞萬提斯傳承〉（"The Depreciated Legacy of Cervantes"），《小說的藝術》（*The Art of the Novel*），尉遲秀譯（臺北：皇冠文化出版有限公司，2004年），頁26-27。

20. 路雅，《但雲是沉默的》，頁40。

四十心如水，夢為蝴蝶狂

再說路雅小說的重複

四十心如水，夢為蝴蝶狂

再論路雅小說的重複

一、引言

君吟春風花草香，我愛春夜璧月涼。
美人美人隔湘水，其雨其雨怨朝陽。
蘭荃盈懷報瓊玖，冠纓自潔非滄浪。
道人四十心如水，那得夢為胡蝶狂。

——黃庭堅〈古風次韻答初和甫二首・其二〉[1]

偶讀黃庭堅（1045 － 1105）詩，跟路雅《流動的椅子》作一連結，「蘭荃盈懷抱瓊玖」令我想起因買劍締緣的唐亦存和樊音，「冠纓自潔非滄浪」則不僅直扣〈滄浪・浮生〉的篇名，也使我憶及〈四個女人的故事〉之兩位主角：潔身自愛的季紅和春嬌。相比於「春風花草香」的繁華，她們倆更甘於恬淡的「春夜璧月涼」。

此外，「美人美人」的相「隔」，在路雅小說裏往往正與「其雨其雨」互聯，如〈賣詩的老人〉寫白雲失戀，乃「發現自己獨自在雨中」；〈滄浪・浮生〉的齊非、金棠永訣，亦是發生在「雨季」。

但這些或淺或深的牽繫，都不抵黃庭堅詩映入我眼簾的最後一聯：「道人四十心如水，那得夢為胡蝶狂」，其中「四十」、「夢」與「胡蝶」（蝴蝶），適好是路雅在小說中刻意重複的三個關鍵詞，背後皆有深意。

二、藝越「四十」[2]

提及「四十」的篇章，包括了〈楚幽王劍〉、〈賣詩的老人〉、〈生死篇〉、〈滄浪·浮生〉、〈四個老人的故事〉、〈流動的椅子〉及〈花道與茶藝〉。茲列出相關情節，並附原文，以便檢索：

〈楚幽王劍〉

情節	原文
袁立君與程鷺相識、相分，前後近四十年時間。	網絡臉書讓你找回失去繫絡近四十年的她。
	四十年前袁在夏灣拿工作過兩年，在那裏認識了程鷺，兩人很快便墮入愛河……
白雲從事印刷行業，發展公司，已有四十年光陰。	我不是設計師，只是一個普通印刷商人，經過四十年的努力，印刷公司雖然不是甚麼大廠，但也有六、七十人，設計部近十人，因為競爭劇烈，更設美術總監之職。
袁立君要印的文件厚逾四十頁。	想不到賣劍的人會愛上新詩，那個下午落着大雨，他找上印館，從公事包拿出四十幾頁的文獻。

〈賣詩的老人〉

情節	原文
老人四十年不改，在街頭賣詩。	天還沒有黑齊，他會收起那些詩回去。沒有人知道他這樣認真地過了幾多年，怕有三、四十年吧！
白雲全力投入，做印刷已有四十年。	投身印刷行，算不上甚麼犧牲，一幹就是四十年，只為求生；我把全部時間投進工作。
舊情人歸來，在公園重遇已患腦退化症的白雲。	沒有人想過，四十年後，送走的人又再回來了……前塵往事，在他腦海裏是一片空白，剛才木然望着陌生的老婦，心裏是既熟悉又迷惘……

〈生死篇〉

情節	原文
江南讓人覺得年輕。	單從外表看，絕不過四十歲。
夢中相遇後，翠兒一直苦候江南。	「我等了你四十年！」翠兒咻咻地說，眼睛帶着無奈的憂傷。

〈滄浪．浮生〉

情節	原文
齊非在四十年前接過金棠的訂情信物。	齊非把玩着發黃了的牛骨小梳子，她曾以它梳理長髮，怕已是四十年前的往事吧⋯⋯
金棠認為齊非在四十年後真能找回香格里拉的村莊。	「杏花飄香的時候，我將重臨。」四十年後，金棠知道齊非會再來，哪怕他已滿頭白髮，成為又老又瘦的老頭，她仍然痴情如昔。
威廉夫婦成婚四十年。	安娜說不經不覺與他相守四十年了，時間過得真快！

〈四個老人的故事〉

情節	原文
譚文泰沒能力買樓，已婚的兒子譚家熙主動放棄置業，要拿出儲蓄，購入唐樓單位，讓父親安享晚年。	四十幾年了，那唐樓入口窄小的梯間，剝落的牆壁，釘着散亂的電線。還有鐵皮做的信箱，破爛地掛在一隅，那熟悉的地方，以後將屬於他擁有，他撫摩着破牆留下了的時間，交錯着悲喜，眼眶一熱，便禁不住激動泛淚⋯⋯

〈流動的椅子〉

情節	原文
參加晚宴的江南形象神秘，從外表看應已年過四十。	那個叫江南的商人，從事電影工作，港產片一直走下坡，沒有人真正了解他做甚麼買賣，看上去年過四十的中年漢子。

〈花道與茶藝〉

情節	原文
在橋本太太的晚宴上，據米高的觀察，江南大約是四十多歲。	客人中一個四十餘歲的中年男子，頭髮整齊光亮，口面寬闊，扁平鼻子上架着一副溥儀眼鏡，但掩蓋不住雙目炯炯有神的智慧。

美國人會用grab forty winks（眨四十次眼的盹兒）來表示時間短暫，而《聖經》（*Holy Bible*）的「四十」則常常是借指一段受考驗的漫長時期，如以色列人在沙漠漂流四十年方得進入應許之地，耶穌基督（Jesus Christ）在曠野禁食四十天並接受撒但（Satan）試探等[3]。路雅的「四十」就時間而言，似兼有上述短與長的兩種含義。

「四十」代表綿長確實不難理解，如〈賣詩的老人〉白雲在公園販詩，連續四十年，那是教讀者吃驚的悠悠歲月，而白雲和情人一別四十載，小說結尾的重逢也令人有恍如隔世之感。又例如，翠兒苦思了江南四十個春秋，金棠等待齊非、齊非尋找金棠也有四十個年頭，偏偏歲月的流逝並未使愛情褪色，反而是疊加起眾人的憂傷，「四十」的無盡，幾乎能拿來比照白居易（772 － 846）〈長恨歌〉的收束語。「四十」足以令〈賣詩的老人〉裏白雲患上腦退化症，足以令〈滄浪．

浮生〉的齊非「滿頭白髮，成為又老又瘦的老頭」，也足以令譚文泰的住所「剝落」、「破爛」，綴滿時光的標記，這些都是以「四十」表示「長」的典型。

另一邊廂，路雅的「四十」亦不時給人一晃眼的短促感。例如〈滄浪．浮生〉的安娜和威廉戀情順利，相依相守，不覺就是四十年。安娜甚至驚嘆：「時間過得真快！」對比起未能成為配偶的齊非、金棠，威廉夫婦幸福的婚姻全不予人沉重緩慢之感。除此之外，〈楚幽王劍〉的白雲、〈賣詩的老人〉之白雲，他們憶述投身印刷行業，均屬輕描淡寫，令「經過四十年」、「一幹就是四十年」彷如在彈指之間，眨一眨眼便跨過了營運公司的高山低谷。

在所有「四十」的用例當中，只有袁立君四十多頁的文件較為平常——路雅承印的《楚幽王劍》說明書恰好為五十頁，小說所寫，大概是以此為本。至於難以捉摸的江南，〈流動的椅子〉和〈花道與茶藝〉都寫他約莫四十多歲，這應是為了和〈生死篇〉中江南看上去不過四十歲，以及翠兒等了江南四十年相應，建構出路雅小說的「內互文性」，引讀者產生兩個「江南」有可能是同一人的聯想[4]。

可略加補充的是，路雅多番寫到情人間有「四十年」的緣份或心結，袁立君、程鷺的部分為兩次，齊非、金棠亦為兩次，對位金棠的安娜又一次，翠兒和江南一次，另有〈賣詩的老人〉白雲一次。「四十年」作為主體頻繁出現，剛好像傑哈．簡奈特（Gerard Génette, 1930－2018）歸類的敘事模式：「講述n次發生過一次的事（nR/1H）」[5]。誠如昆德拉所說：「如果人們重複一個詞，那是因為這個詞重要，因為人們想在一段、一頁的空間中讓它的音響和意義再三地回蕩。」[6]路雅的「四十年」散佈全書，一段、一頁的「音響」效果較不明顯，但就「意義」來說，透過n次的重複和強調，「四十年」實在能加倍深入讀者印象，持續「回蕩」，令段段愛情敘事具有莫大的感染力。

三、入夢「重生」

《流動的椅子》有各式各樣的「夢」，如書名《紅樓夢》、哲學興感的「人生若夢」，及種種或宏大、或渺小的「夢」想，如季紅「堅守諾言，選擇回去，因為還有千千萬萬個夢，等待着她去完成」，〈四個老人的故事〉有「少年的夢是買一部F1.8光圈的單鏡反光相機」等。需要特別留意的，則是「入夢」的巧思。

路雅在〈生死篇〉和〈滄浪．浮生〉都寫過「入夢」，前者說江南在一次「光影與時間」的「錯誤相交」下，掉進了四百年後翠兒的夢，夢裏翠兒「說要嫁給他，和他結婚生子」，由是種下情債，江南「在她的夢裏與她相遇，自此就再也走不出來」。歷經數百年，江南見到了真實的翠兒，翠兒也大膽向江南表白，希望能延續夢裏緣。江南卻明示：「你只是追一個夢……」斷然拒絕了翠兒。一切一切，他都只視作「意外」。

在〈滄浪．浮生〉，路雅又別出心裁，寫做夢的齊非步入了金棠之夢：「夢裏看見藍色的湖，那濯足的姑娘在沉思甚麼？清清湖水，照亮青春的面容，風再起時，杏花飄香。」在夢裏，齊非與金棠一見傾心，到二人真的在香格里拉相逢，金棠不覺痴痴凝望，內心高喊：在哪裏見過眼前的男子呢？齊非亦有感應，思量道：「我呢？又在哪裏遇過妳，一百萬年前？」只可惜齊非和金棠沒能待在一起，永遠無法等到情人歸來的金棠，胸口仍不時「隱隱呼痛」，哀怨悽愴地問：「可是為甚麼，我的夢裏會有他啊？」[7]

這種種「入夢」情節，應當是取資於湯顯祖（1550 － 1616）的經典之作《牡丹亭》。湯顯祖的筆下，少女杜麗娘與書生柳夢梅在夢裏相遇、相愛，醒後卻相分，苦戀不已的杜麗娘於是拼命在現實「尋夢」；尋夢無果，竟至感病身死，復又因其情至堅，遊魂得以與柳夢梅重逢，杜麗娘也再次還陽，並且跟心上人成婚。劇本中，花神有一段唸白：「因杜知府小姐麗娘與柳夢梅秀才，後日有姻緣之分。杜小姐遊春感傷，

致使柳秀才入夢」[8]，這便是路雅寫「入夢」之所本。杜麗娘情思繾綣的願望：「要再見那書生呵」[9]，也恰似翠兒和金棠的深摯。

明乎此，即可以了解路雅〈賣詩的老人〉為何這樣寫：

> 另一個在雨中要他伴着的女孩，說要與他走在一生一世的長夜。欲在他的夢裏埋下一把長長黑髮的玲瓏，他的臉像微風靠入了她溫柔的脖子，可是一臉嫵媚的銀夜，怎也照不進他自卑的窗扉。

雨中女孩渴望在白雲的「夢」裏埋下長髮，意思是要像江南給翠兒、金棠給齊非、柳夢梅給杜麗娘那般，在愛侶心底銘刻不可磨滅的愛情。路雅選用「夢」的意象，避開直陳其事，為小說增添了一份濃郁的詩意。

在《流動的椅子》以外，路雅的武俠詩集《秘笈》也有〈入夢〉：

> 夢娃倩影是個善用迷藥的女子
> 往往殺人在無痛的夢中
> 偶然雨後的彩虹裏
> 找到了嘆息
> 她要殺的人
> 不一定是她想殺的
> 神偷郭南多次擲下戰書
> 她都在躲避
> 六年後郭南進入了她的夢
> 追到京城的一家小店
> 那夜他用箭殺死了夢娃
> 自此再也走不出她的夢境

因為有人見到一個挽弓的漢子
睡死了在里外的雪地
胸口的中央
正正地插着一根箭[10]

據《流動的椅子》之筆法，則夢娃「殺人在無痛的夢中」，實意謂她在夢裏攫住了男子的心；郭南「進入了她的夢」，又「再也走不出她的夢境」，乃是指他愛上了夢娃，難以自拔；郭南「胸口的中央／正正地插着一根箭」，即暗示他的心臟被愛神之箭命中——刀光劍影的故事，亦可作依依相戀的詮釋。

四、蝴蝶「明心」

路雅《流動的椅子》寫了各種「蝶」，像是〈四個女人的故事〉有季紅「惹來不少浪蝶」，這裏的「蝶」是借喻想追求她的男子；〈楚幽王劍〉的開篇提及張恨水（張心遠，1895 － 1967），亦牽出以「蝶」命名的「鴛鴦蝴蝶派」。筆者關注的，則是作為衣服佩飾的「蝶」。

（一）程嵐、段姬

相對簡單的，是在〈四個男人的故事〉裏，程嵐和「我」去看話劇，路雅細緻地描繪了她的衣裝：「那晚她穿了襲高腰長裙，淺米色上身細紗棉布恤衫，下身束着灰藍色麻布長身裙，胸口打了隻小小的蝴蝶結，腰身兩條飄動的帶子。」程嵐的「帶子」和「長裙」皆「具有流動感」，能充分展現出「優雅自在」[11]；而「袖衫」和「蝴蝶結」的配搭，則是融會了幹練與甜美[12]，既合乎程嵐「辦事眼明手快，絕不拖泥帶水」的形象，又使得後文「我」陷入愛河更加順理成章：「我心裏怦然一跳，忽然對她有種說不出的感覺，為甚麼以前沒有留意過

她……」應該說，路雅為程嵐打的那個「小小的蝴蝶結」提升了這名女主角的魅力，有助於推動情節發展。

在〈花道與茶藝〉，段姬兼具知性與美貌，應對得宜，談吐大方，實是路雅偏愛的角色。路雅亦不吝筆墨，細寫了段姬的襯搭：「段姬有着把長長秀髮，身上簡簡單單一襲便服，米黃色繡碎花上衣，襟頭扣着枚造工精細，金光閃閃的金花蝴蝶別針，下身配以深藍色直身裙，剛好蓋着足踝，露出小小的鞋尖，文文靜靜。」

然而，跟形塑程嵐有異，段姬的「金花蝴蝶別針」不只為角色添上典雅氣質，還與段姬的思維有所關連。最直接的，是當〈花道與茶藝〉的白雲談起十二花神杯很難湊齊一套，說到「拍賣會上偶然出現三兩隻，未必是你所欠的」時，段姬內心即有所觸動，脫口說道：「是啊，偶然出現的，未必是你所欠的！」當時她「幽幽凝眸，如春夢初醒的彩蝶，剛破繭而出，怯生生地抖動雙翅……」這是形容，段姬的思緒也會如振翅之「蝶」，綻放出「金光閃閃」的妙悟。在〈流動的椅子〉，路雅亦提過段姬「無論說甚麼話題，天文地理，去到一個突破點就會觸夢而醒，娓娓道出她的觀點與角度」，那「觸夢而醒」的了然，實一如「彩蝶」從「春夢初醒」、「破繭而出」。

（二）江南

特別的是，男性角色江南的衣服也會以「蝴蝶」點綴。〈生死篇〉給他的外貌描寫是：

> 這人身材魁梧，穿着一件用料上乘的外衣，高級法蘭西絨，襯上手縫裝飾的明綫滾邊，綫條簡約，一看便知造價不菲，絕不低於一套名牌西服。皮鞋光亮柔潤，手上一隻精工鏤花腕錶，全身打扮，渾為一體。最妙就是上衣那

條口袋小巾，暗紅色繡着一隻金花蝴蝶，平淡中滲出品味，單從外表看，絕不過四十歲。

按〈生死篇〉的敘述，江南其後瞞過電腦，引火自焚，如願地死去。儘管他的屍身被嚴重燒焦，但那「伏在胸口的一隻金花蝴蝶卻依舊金光閃閃」。讀者該如何理解此一奇特的情節設計？

一方面，路雅曾在〈生死篇〉的一段後記引用《莊子．齊物論》，揭示「蝴蝶」承載着物我兩忘、臻於逍遙的寓意：

> 昔者莊周夢為胡蝶，栩栩然胡蝶也，自喻適志與！不知周也。俄然覺，則蘧蘧然周也。不知周之夢為胡蝶與，胡蝶之夢為周與？周與胡蝶，則必有分矣。此之謂「物化」。[13]

確實，江南之所以要尋死，是由於不願再被科技操控，日復日地過着些備受拘束的生活。他認為，電腦的管轄令人失去自主，而「選擇甚麼時候死去」就是擺出反擊的姿態，能夠讓他再次「掌控生命」，實屬「最大的樂事」。小說寫道，江南「安詳地閉上眼睛，因為他終於找到了真正的快樂……」縱使肉身不存，精神卻順利化「蝶」，逍遙無待，回復自在。

另一方面，「金花蝴蝶」可能也與翠兒相關。〈生死篇〉敘述，翠兒原是「真空管裏的一隻蟲子所衍生」，這種「蟲子」應是指蝴蝶幼蟲。小說曾加以暗示，如江南就對翠兒說過：「每一個蝶蛹都有一個夢……何況你已重生！」那麼，讀者實不妨想像，江南雖然一次次拒絕翠兒的求愛，但他到死之時，屍身仍「伏着」能代表翠兒的「金花蝴蝶」，這是否象徵其內心深處未嘗對翠兒完全無情[14]？

五、結語

昆德拉在閱讀自己著作的譯本時，起初曾因發現「重複」而頗感懊喪，不久卻又別有體會：「所有的小說家，或許，都只寫某一種主題（第一部小說）和一些變奏。」[15]路雅大抵未曾被「某一種主題」囿限，但確乎深得「變奏」的三昧，從「四十」到「入夢」，再到「蝴蝶」，幾組詞的屢次出現都起着提醒讀者注意的作用，同時它們又並非機械式地重複，而是各具差異，如「四十」就時光而言，可以急促，可以緩慢；「入夢」既催化愛情，又遺下痛苦；「蝴蝶」可提升人物氣質，亦可連通精神心念。固定的字詞承載着流動的文思，兀自搖曳生姿。

後記

曾問路雅看不看新海誠（SHINKAI Makoto, 1973－）的動畫電影，路雅說沒有接觸，也沒有留意兒孫是否看過。

我之所以那樣問，是因為新海誠也喜歡安排愛人互相入夢，最顯著的是《雲之彼端，約定的地方》（*The Place Promised in Our Early Days*），而《追逐繁星的孩子》（*Children Who Chase Lost Voices*）和《你的名字。》（*Your Name.*），則都有男女主角見面之前，便已深契對方生命的情節。

路雅小說的情侶常會分開，如〈楚幽王劍〉的唐亦存、樊音、袁立君、程鷺，〈賣詩的老人〉白雲與三位愛人，〈生死篇〉的江南和翠兒，〈滄浪．浮生〉的齊非、金棠……段段唏噓，也令我想到新海誠的《星之聲》（*Voices of a Distant Star*）和《秒速5公分》（*5 Centimeters per Second*）。

另外，路雅〈楚幽王劍〉寫樊音在愛情困頓時撿回一隻貓，這和新海誠《她與她的貓》（*She and Her Cat*）可以比觀；白雲、齊非等的雨中戀情，則又與《言葉之庭》（*The Garden of Words*）、《天氣之子》（*Weathering with You*）的背景相合。細加比讀，應該能觸發許多有趣的連結。

注釋

1. 王士禛，《池北偶談》（上海：上海古籍出版社，1993年），頁278。
2. 本篇第二至四節之小標題，分別嵌入了路雅印製的三部著作，即劉明珠、余境熹編譯，《藝．越40年》（香港：香港中文大學文物館館友會，2021年）；馬廖千睿，《重生》（香港：紙藝軒出版社，2021年）；又一山人（黃炳培）、路雅，《時間的見證：80/20明心見性。四十年》（香港：又一山人，2019年）。
3. 21世紀研究會（21 Seiki Kenkyukai）編，《常識的世界地圖》（*Joshiki no Sekai Chizu*），林郁芯譯（臺北：時報文化出版企業股份有限公司，2003年），頁163-164。
4. Daniel Chandler, *Semiotics: The Basics*, 3rd ed. (London; New York: Routledge, 2017), p.258.
5. 傑哈．簡奈特（Gerard Génette），《敘事的論述：關於方法的討論》（*Narrative Discourse: An Essay in Method*），《辭格第三集》（*Figure III*），廖素珊、楊恩祖譯（臺北：時報文化出版企業股份有限公司，2003年），頁165。
6. 昆德拉，《被背叛的遺囑》（*Testaments Betrayed: An Essay in Nine Parts*），余中先譯（上海：上海人民出版社，2015年），頁124。
7. 文學夢的時空變異特質，可參看王文革，〈文學夢的審美分析〉，博士論文，華中師範大學，2004年，頁102-105。
8. 湯顯祖，《牡丹亭》，邵海清校注（臺北：三民書局股份有限公司，2000年），頁73。
9. 湯顯祖，《牡丹亭》，頁88。
10. 路雅，《秘笈》，李挽靈英譯（香港：紙藝軒出版有限公司，2007年），第一回。
11. 莎拉．考夫曼（Sarah L. Kaufman），《凝視優雅：細說端詳優雅的美好本質、姿態與日常》（*The Art of Grace: On Moving Well Through Life*），郭寶蓮譯（新北：奇光出版，2021年），頁360。
12. 冬雷主編，《服飾．配飾靚點搭配》（長春：吉林科學技術出版社，2009年），頁32。
13. 陳鼓應注譯，《莊子今注今譯》，上冊，頁109。

14. 江南與「蝴蝶」的更多聯繫，可參考析說〈流動的椅子〉及〈花道與茶藝〉的另篇文稿。

15. 昆德拉，〈七十三個詞〉（"Sixty-three Words"），《小說的藝術》，頁163。按：法文原版《小說的藝術》共收七十三個詞條，中英譯本則皆刪去其中十條，故只剩六十三則。

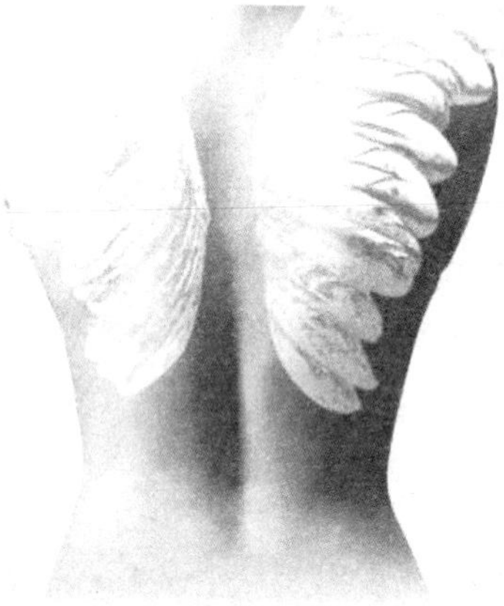

輕沾鳥獸群

路雅小說中的動物

輕沾鳥獸群

路雅小說中的動物

一、引言

路雅《流動的椅子》不光有「蝴蝶」，也給了貓、馬和鳥等各式動物亮相的機會。這些動物雖未至於成為小說的主角，但都各有寄寓，呈現多重姿態，頗有注目留神的價值。

二、貍奴伴寂寥[1]

（一）〈楚幽王劍〉：不該開始的情

眾多動物之中，路雅的「貓」有着最豐富的意涵。在〈楚幽王劍〉，樊音和唐亦存相戀同居，唐亦存想要離開中國大陸，逃避戰禍，樊音卻決心留下，藉文藝宣傳抗日。期間，樊音在街上撿回了一隻流浪貓，有關片段為：

> 「小音，你可以不哭嗎？」當有一天她捧着一隻街貓回來。小音是唐亦存對她的暱稱。他們在一起的日子無所不談，童年趣事到家國，但從不觸及明天⋯⋯

這裏的「街貓」其實即象徵「愛情」：抱回家貓縱可使樊音的情感有所憑依，但同時亦會增加她照料的煩擾，一如她和唐亦存，彼此雖是對方亂世中的寄托，可二人總要分別，無法「觸及明天」，注定的離居只會令投入甚深的樊音徒添苦惱。只不過，不該撿的「貓」已經撿了，不該開始的戀情也已經燒得濃烈，唐亦存勸樊音「不哭」，然而落淚的結局早已不可避免。

讀畢〈楚幽王劍〉的首章，可知唐亦存終歸選擇了「輕輕的掩門」離開。他早知道，和樊音之間只能是「一段錯植的愛情」，「沒有天長地久」。但若說唐亦存對樊音並非真愛嗎？那又不然。路雅除了明寫唐亦存「愛她」外，也曾含蓄地記述唐亦存有意購買曹克家的「工筆貓」，藉由「貓」的疊合，暗示唐亦存本不想「愛情」從手心流走。

無奈處於亂世，唐亦存身懷楚幽王劍重寶，必得另作考慮。在他「漸遠的腳步聲」後，是被遺下的樊音和那隻「流浪貓」。一霎時，樊音和「貓」的形象重疊，被愛情放逐而「流浪」，令讀者彷彿又聽到了她抱回小貓時喃喃的：「怪可憐啊⋯⋯」

（二）〈滄浪．浮生〉：不再流徙之愛

似乎是為了讓讀者注意到「貓」的特殊意蘊，在和〈楚幽王劍〉結構暗通的〈滄浪．浮生〉裏，路雅再次賦予了「貓」類近的象徵。小說寫「我」到匹茲堡讀書，住在宿舍，因而結識了威廉夫婦：

> 我第一次見到威廉夫婦，老婦人正悉心地照顧寶貝貓兒；她看見我，用微笑打了個招呼⋯⋯
>
> ⋯⋯
>
> 我們住在同一樓層，夫婦倆收養了幾隻流浪貓，叫牠們不要再過流徙的日子。

同樣地，男女的「愛情」以「貓」為象徵。〈滄浪．浮生〉用了不少篇幅寫「流徙」，除掉「我」移民海外、出境唸書的部分，還有金棠、齊非永遠無法重遇的愛情「流徙」。與之相比，在香格里拉一見傾心、順利結褵的威廉和安娜可說是無比幸福——他們找到畢生摯愛，也抓得住人生聚合的機緣，自此相依相守四十年，就像他們所收養的「流浪貓」一樣，在愛情路上不用「再過流徙的日子」。

當然，人間的幸福還是會因死神而終止，但〈滄浪·浮生〉在威廉身故後仍寫道：「幾隻貓兒蜷伏在她腳下，威廉熟悉的身影流過回憶……」這裏的「她」指安娜，縱然天人永隔，可她和丈夫的美好「回憶」總不褪色，如「蜷伏」的「貓」，不離身邊。

（三）〈生死篇〉及〈四個男人的故事〉變體

雷·韋勒克（René Wellek, 1903 － 1995）和奧·沃倫（Austin Warren, 1899 － 1986）嘗指：「一個『意象』可以被轉換成一個隱喻一次，但如果它作為呈現與再現不斷重複，那就變成了一個象徵，甚至是一個象徵（或者神話）系統的一部分。」[2]應該說，「貓」於〈楚幽王劍〉和〈滄浪·浮生〉皆指愛情，確乎是構成了一套象徵的系統，多少能為研閱路雅各式作品提供參考。

但路雅筆下的「貓」亦不局限於一種意義，〈生死篇〉就很好地利用了貓的寵物屬性。小說描寫，未來的人類已淪為受電腦支配，自E130年始，更實施起所謂「禁養寵物」，人們只能申請「水能電子貓狗」，而角色「你」也僅僅獲發了帶着冷冰冰編號的、「P14類的黑貓」。

按通常理解，人類能從實體的寵物身上「得到慰藉」，「和牠們有一種互相交流的感覺」，故實體的「貓」能幫助人類在「愈來愈朝向機械文明發展的現代」中「獲得精神上的平衡」[3]。路雅聚焦於電腦的「禁養寵物」指令，其實正是見微知著，讓讀者想像在「機械文明」全面獲勝的社會裏，凡事只講理性，人類的情感和「精神」必然備受壓抑。

至於〈四個男人的故事〉一篇，程嵐在南美各地工作三年，偶爾與「我」通信，總會問起香港有何變化。「我」的答案則是：「機場擴建、一地兩檢、最低工資增加、鄰居的花貓一胎生了五隻小貓……」在這裏，基建、政策和經濟都反映出香港的瞬息萬變，而「花貓」生產則是變中的不變——動物代代相承，瑣碎的生命故事因循環而展現韌性。配合小說的「中秋」背景，月亮缺而復圓，情人離而復合，雖

然客觀的世界天天在變，但愛戀仍可保持不變，恰好如「花貓」生命的延續。

質言之，不同於〈楚幽王劍〉與〈滄浪・浮生〉的愛情象徵，〈生死篇〉的電子「貓」樹起了科技理性的大旗，用以否定人類的感性需要，而〈四個男人的故事〉則藉「貓」隱喻生命中可以持續的美好。路雅筆端的「貓」在含義上有變與不變，而俱蘊藉精彩，耐人細思。

三、古道西風馬[4]

（一）〈滄浪・浮生〉：工具與朋友

貓以外，路雅的〈滄浪・浮生〉亦寫及「馬」。在小說的其中一則後記，他提到茶馬古道的商隊是「以騾馬為主要運輸方式」，而正文也有馬幫首領扎西噶瑪及眾隊員牽馬上路的片段，例如以下兩處：

> 這幾天走過的地方根本不算是路。拖着馬兒，走在烈日的荒野，午後大夥兒找來一處太陽照不到的地方歇下，吃了些乾糧又繼續上路。

> 「嗨……」扎西噶瑪吆喝着馬隊，揮鞭向村莊進發。其他隊員很有默契地牽着自家馬兒，默默地跟上。

迢迢長征，走着「根本不算是路」的路，頂着「烈日」，還得忍受「荒野」的乾燥，馬幫眾人猶可說是有大利可圖，驅動力不成問題，而沉重地背負「藥材、鹽和布匹，還有些瓷器香料」的馬兒則回報甚微，近乎是一味付出。誠如博物學家布豐伯爵喬治—路易・勒克萊爾（Georges-Louis Leclerc, Comte de Buffon, 1707 – 1788）所言：「馬生性就是一種捨己從人的動物……無保留地貢獻着自己，不拒絕

任何要求，反而盡一切力量來為人服務，有時還要超出自己的力量，甚至捨棄生命以求服從得更好。」[5]

但除順服之外，路雅也兼及馬的聰慧。原來馬的智能甚高，懂得算術和拼字[6]，也會靠頭部動作，表示出渴望與人溝通，還了解人能接收牠的信息[7]。順此描寫，路雅也讓〈滄浪・浮生〉的馬與人有所交流：

> 輕輕拍着汗濕的頸背，牠以脖子報以友善擺動，張了張鼻孔，大大地呼出了口氣，在兩眼相交中彼此互訴着旅途的艱辛……

在這裏，馬不僅僅是人類牟利的工具，更是能與他們情志互達、心聲「互訴」的朋友，和馬幫成員相當親暱。反過來，路雅雖未有具體地寫馬幫對坐騎的照顧（只提及齊非在黃昏時分「掛馬樹下」），讀者卻可以想像，他們會為馬釘好馬掌、架好鞍架，會給馬兒適當的歇息，會為牠們添草料，表現出「長年與馬打交道，與馬有深厚的情感」[8]。

總括來說，〈滄浪・浮生〉的「馬」既是運輸工具，又超逾了工具的層面。路雅直接點出：「走慣迢遙征途的，當知馬兒是最親密的伴侶」，強調了馬與馬幫在心靈上的密切。這種「人馬一體」[9]，不啻使人想到查爾斯・科瓦奇（Charles Kovacs, 1907 － 2001）的說法：「長久以來，馬都是人類的好幫手及朋友……讓人難以想像馬曾經也是野生動物。」[10]

（二）〈四個老人的故事〉：娛樂和隱喻

動物可以是人的敵手，是工具，是友儕，或是用於娛樂的對象。在古代，東西方世界「同樣重視馬匹」，「當時馬匹稱得上是最重要的

家畜，除了用於農作物生產及運輸外，更重要的是用於戰爭」[11]；而到了現代，「除了在開發程度比較低的區域，馬匹仍會被當作勞力使用之外，大多數的馬都被用在娛樂與運動休閒用途上面」[12]。

路雅〈四個老人的故事〉有「成長」一章，以「馬場」為佈景，即寫出馬匹作為人類消閒娛樂的他者。該篇的「我」並非馬場常客，深心處甚至會嘲諷競賽是「一隻畜牲騎在另一隻畜牲身上」，只是出於「商業酬酢」，「我」才不得不跟熱衷跑馬的朋友一同觀戰；他知道朋友們享受領取獎金，更樂於「眼光」獲得「肯定」，可是他們沉溺於「賽績和賠率」，多少都讓「我」感到「迷失」，而一張張散亂在餐桌上的投注紙更活脫脫是「失望的遺蹟」，令「我」更覺抽離。因此，「我」即使「逢場作興」地下注，卻沒有太關心整場賽事，小說也未交代賽況和賽果。

真正使「我」動容的，乃是在馬場遇見故人之女阿媚。「我」在創業初期，鋪面設在中環蘭桂坊，當時阿媚的父親標叔在街口開小茶檔，早午晚為「我」公司供應茶水，而六、七歲的阿媚在放學後便會幫父親送外賣。此番重遇阿媚，標叔已離世，她則兜兜轉轉，快要從大學畢業。有感於阿媚的自力向上，「我」不禁「默默為她喝采」。

因着阿媚，「我」回憶起創業以來香港幾十年間的變化。他「見證着香港這個漁村怎樣發展成百花齊放的輕工業城市，再蛻變成國際知名的金融中心」；及後，香港在1997年回歸祖國，「仍然發光發亮，璀璨耀目」，且因地理之便，和急速冒起的大陸強化了經貿合作。小說中，「我」的朋友就不時「上深圳」洽談「地產項目」，並能介紹「我」去「印售樓書」。

如是者，小說的「馬」除了反映香港用於娛樂的賽馬活動外，復具有兩重更深邃的寓意。一方面，現代賽馬原是由英國引進香港的，百多年來，它是殖民者顯貴身份的象徵，亦對管治和拉攏華人發揮了作用[13]；而香港重新歸入中國版圖後，還是能「馬照跑、舞照跳」，保

持在英殖時代的資本主義制度和精神，延續國際金融中心的輝煌——馬所映襯的，乃是東方之珠的榮耀不變。

可相對地，近數十年香港的變遷委實驚人，這座小城在未來的機遇和挑戰中又將幾度起伏？「我」由衷慨嘆：「城市從來沒有停下來。」香港就像草地上的奔馬，自「開閘的鐘聲響起」就「馬」不停蹄，在如同圓形賽道的時間迴圈裏被驅策疾馳。「一切不變都在默默地恆變着」，此刻穩定的香江，前方豈無波瀾？

四、大鳥雖不飛[14]

（一）〈四個男人的故事〉：從麻雀到鴕鳥

中國傳統文學有不少借「鳥」寄意的華章，如《詩經．周南》的首篇，即是以「關關雎鳩」來烘托男女愛情[15]。路雅《流動的椅子》沒有讓「鳥」豐富的可塑性輕輕飛走，他在〈四個男人的故事〉裏就拋出一隱一顯的「麻雀」和「鴕鳥」比喻。

小說敘述二十四歲的漢明因一場工業意外而導致雙腿殘廢，意志消沉，彷彿世界終結，再無希望。他覺得自己就像「一隻斷了線的風箏」，任風播弄，前途茫茫，一天百無聊賴，就來到碼頭邊呆呆看海。路雅於此寫道：

> 地上幾隻小麻雀，在陽光微拂的輕風下，正在啄食着地上的沙石，希望覓得一點甚麼可以果腹，忽然一對情侶柔光中走過，小麻雀驚慌飛走了。起落的翅膀拍動一片花白的陽光。剛巧有艘渡輪正在泊岸，翻起閃閃粼光。這是個風和日麗的晌午。

「麻雀」的特性是「在地面覓食」[16]，其嘴喙總得在堅硬的「沙石」上叩叩碰碰，然後才勉強能獲取「一點」食物「果腹」；漢明與之相似，他遇上了無情的命運，即使迎崎嶇而上，努力「啄食」，心底也害怕無法維持生活所需。

不僅如此，漢明還有羞於見人的自卑。當「一對情侶」在「柔光中走過」時，小小的「麻雀」便「驚慌飛走了」。與「麻雀」相似，漢明在「情侶」突然走近時，無法不與他們的甜蜜和幸福作對比，他因此益發想到自身的苦楚與倒楣，「驚慌」失措地，只想轉身逃離現場。

幸好，教練坤叔如同一艘「剛巧」回到碼頭的「渡輪」，他的出現令漢明忐忑的心得以「泊岸」，再現「粼光」般的閃爍希望，重拾「風和日麗」的人生景致。路雅寫下了坤叔對漢明說的話：

> 「年青人，你見過不會飛的鳥兒麼？」漢明望望身邊，一個身材魁梧的中年人，微笑地問他。
>
> ……
>
> 「鴕鳥不會飛！卻是世界上最大的鳥兒。」中年人頓了一會繼續說：「如果上天註定了你是一隻不會飛的鳥兒，那麼，我們就接受它吧。」

坤叔所提到的「鴕鳥」，乃是身長可達三百厘米的「非洲鴕鳥」，為「世界上最大的鳥類」。「非洲鴕鳥」遇敵時不會把頭埋在沙子裏，而是會選擇拔足撤退，但假若逃不掉，牠便「與敵人搏鬥」，展現出能夠「殺死一頭成年雄獅」[17]的實力。

坤叔以「鴕鳥」激發漢明，漢明隨後的表現也一似「非洲鴕鳥」：他「不會飛」，不能用雙腳自由行走，但他坦然「接受」這種「註定」的限制，另行發揮他「最大」的天賦，像敢於搏鬥的猛禽一樣，舉起劍來，在萬眾矚目的運動場上揮灑汗水，贏得了奧運金牌的殊榮。

換句話說，漢明不再如「驚慌」的「麻雀」，在命運的跟前落荒而逃，反倒是大放異彩，登上了「世界」之「最」的寶座。路雅用「麻雀」和「鴕鳥」來折射漢明的前後轉變，不僅是別出心裁，也可謂高度凝煉。

稍作引申，路雅在詩集《活》裏其實已寫過〈鴕鳥〉：「一隻不會飛的鳥 / 是一個只有牠才知的 / 謎 / 長久以來 / 就一直埋在沙堆之下」[18]。但不難看出，詩作「鴕鳥」的意涵與〈四個男人的故事〉所見截然不同，此可證路雅絕不呆板，筆底的動物意象能隨時轉化。

（二）〈四個女人的故事〉：從傷鳥到病人

在〈四個女人的故事〉最後一章，「我」和外貌並不出眾的譚家熙醫生相戀。譚家熙視病患如親人，對他們關懷有加，而「我」之充滿愛心，亦藉着照顧「受傷的小鳥」一事來表達：

> 「你為甚麼當醫生？」
> 「你呢？又為甚麼當護士？」
> 他沒有答我的問題，卻反問我。當然，不會傻到對他說，小時在郊野拾到一隻受傷的小鳥，撿回家悉心照顧，直至康復，從窗口飛走……

還是小孩的「我」不忍「小鳥」危殆，願意「悉心」使牠「康復」，接着又為而不有，靜靜放牠「飛走」，這份情既可親，復可敬。現實之中，我們似乎沒辦法保證愛護動物者對人類同胞懷抱相等的愛心[19]；但在文學交感的世界，路雅則暗示「我」因為關顧他人而選擇了「當護士」，藉此表明「我」的初心不改，長大後依然極富同情心，會像對「受傷的小鳥」一樣，體貼有需要的病人。

誠如張煒（1956 － ）所言，愛動物「是愛一個『他者』和『弱者』，這種愛更少功利性，是生命所具有的最美好的情感，體現了極柔軟的心地，如憐憫、慈悲、痛惜，莫名的信任和寄托」[20]。路雅寫「我」對「受傷的小鳥」付出愛心，只用三言兩語，就把「我」的這份「憐憫」和「慈悲」隱寓其中，令讀者理解她與譚家熙醫生為何會有生命上的共鳴，且「信任」他，把終生大事也「寄托」給他。

五、結語

統而觀之，路雅的「貓」可擔承愛情與感性、變幻與不變；「馬」是工具，是友伴，是娛樂，面貌各異，且還是城市隱喻的載體；「鳥」代表艱困自卑，代表王者勇進，也代表關懷顧念，所指多端，絕不板滯。

本篇標題的「輕沾鳥獸群」，乃逕取自杜甫（712 － 770）之作[21]；劉熙載（1813 － 1881）評杜詩，則曾引用蘇軾「字外出力中藏稜」之語[22]。從「字外出力中藏稜」的字面聯想，那些路雅墨水「輕沾」的「鳥獸」之「群」，貓、馬和鳥所佔的篇幅實際不多，但隻語片言，每每已足以引領讀者「字外出力」，細究其意涵，摸索「中藏」之「稜」，有所感，有所得，激盪起種種驚喜與新鮮。

後記

路雅對筆者提起，教練坤叔鼓勵漢明時說的：「如果上天註定了你是一隻不會飛的鳥兒，那麼，我們就接受它吧。」其靈感來源是杏林子（劉俠，1942 － 2003）的著作。

讀杏林子，見〈感謝玫瑰有刺〉寫過：「病中三十餘年，刺豈止一根，又豈止求了三次、三十次？但我不再求了，如果說，這根刺能令我更謙卑；如果說，這根刺能令我更柔和；如果這根刺能令我的心更溫潤的去貼近那些需要貼近的人，我的情愛如傾注的泉水去清涼那些需要清涼的人，那麼，就讓我順服，納刺於身，納刺於心，即使心房碎裂、流血死亡，也讓我無悔無怨，歡喜甘願。」[23]

〈心情轉換〉則有：「上帝允許苦難臨到約伯，為的是考驗他的信心；上帝允許一根『刺』留在保羅身上，為的使他免於自高自大。上帝為甚麼要我生這場病呢？我不知道，但我願意接受祂的挑戰。」杏林子有力地說：「我很好奇，神要怎樣在我的軟弱上，彰顯祂的大能？」[24]

這兩段可能都不是路雅直接的靈感之源，卻讓我在查找資料的過程中受到啟發。路雅是基督徒，閱讀以上的引用，且喚起對經文的記憶，應該也會是戚戚於心，深有共鳴吧。

注釋

1. 語出陸游（1125-1210）〈北窗〉，「貍奴」即貓，如陸游〈贈貓〉首句為「裹鹽迎得小貍奴」。所引〈北窗〉、〈贈貓〉二作，分別見錢仲聯校注，《劍南詩稿校注》，第7冊（上海：上海古籍出版社，1985年），頁3590；第3冊，頁1179。

2. 雷．韋勒克（René Wellek）、奧．沃倫（Austin Warren），《文學理論》（*Theory of Literature*），劉象愚、邢培明、陳聖生、李哲明譯（北京：生活．讀書．新知三聯書店，1984年），頁204。

3. 支倉慎人（HASEKURA Makito），《寵物到底在想什麼？：了解貓、狗、鳥的行為與心理》（*How Pets See Humans*），高慧芳譯（臺中：晨星出版有限公司，2014年），頁18-19。

4. 截自馬致遠（約1250-1324前）〈天淨沙．秋思〉，見任中敏、盧前選編，《元曲三百首注評》（南京：鳳凰出版傳媒股份有限公司，2015年），頁60。「古道」呼應〈滄浪．浮生〉寫的茶馬古道，「西風」對照〈四個老人的故事〉裏帶有英國文化色彩的賽馬活動。

5. 約翰．奧杜邦（John Audubon）、約翰．古爾德（John Gould）等著，《發現奇異的動物》（*A Trip in Nature: The Most Beautiful Animals*），周碩譯（北京：商務印書館，2017年），頁26。

6. 福爾克．阿爾茨特（Volker Arzt）、伊曼努爾．比爾梅林（Immanuel Birmelin），《動物有意識嗎？》（*Do Animals Have a Consciousness*），馬懷琪、陳琦譯（北京：北京理工大學出版社，2004年），頁22-28。

7. 羅伯茲（Alice Roberts），《馴化：改變世界的10個物種》（*Tamed: Ten Species that Changed Our World*），余思瑩譯（臺北：時報文化出版企業股份有限公司，2019年），頁289。

8. 王明達、張錫祿，《馬幫文化》（昆明：雲南人民出版社，2008年），頁157。

9. 略作延伸，偶翻藝術史家宮下規久朗（MIYASHITA Kikuro, 1963- ）的著作，裏面亦提及：「馬與人類社會關係密切，所以在藝術作品中通常與人在一起，也就是以『人馬一體』的方式呈現」。見宮下規久朗，《這幅畫，原來要看這裏》（*Art History Read by Motifs*），楊明綺譯，謝佳娟審訂（臺北：新經典圖文傳播有限公司，2015年），頁69。

10. 查爾斯．科瓦奇（Charles Kovacs），《如詩般的動物課》（*The Human Being and the Animal World*），新竹人智學會譯，第3版（臺北：小樹文化有限公司，2019年），頁129。

11. 賀施德（Nikolaus Osterrieder）、王啟熙，〈前言I〉，《元亨療馬集》，喻仁、喻傑著（香港：香港城市大學賽馬會動物醫學及生命科學院，2021年）。

12. 艾瑞克．查林（Eric Chaline），《改變歷史的50種動物》（*Fifty Animals that Changed the Course of History*），王建鎧譯（臺北：積木文化，2013年），頁81。

13. 謝曉陽，《馴化與慾望：人和動物關係的暗黑史》（香港：基道出版社，2019年），頁165。

14. 合併自古籍，《韓非子．喻老》謂：「楚莊王莅政三年，無令發，無政為也。右司馬御座，而與王隱曰：『有鳥止南方之阜，三年不翅，不飛不鳴，嘿然無聲，此為何名？』王曰：『三年不翅，將以長羽翼；不飛不鳴，將以觀民則。雖無飛，飛必沖天；雖無鳴，鳴必驚人。』」又《史記．滑稽列傳》謂：「齊威王之時喜隱，好為淫樂長夜之飲，沉湎不治……淳于髡説之以隱曰：『國中有大鳥，止王之庭，三年不蜚又不鳴，王知此鳥何也？』王曰：『此鳥不飛則已，一飛沖天；不鳴則已，一鳴驚人。』」兩處徵引，分別見邵增樺註譯，《韓非子今註今譯》，第2版，下冊（臺北：臺灣商務印書館股份有限公司，1983年），頁973；韓兆琦譯注，《史記》，第9冊（北京：中華書局，2010年），頁7385-7386。用「大鳥」、「不飛」，皆切合〈四個老人的故事〉以鴕鳥喻漢明，並暗示其「飛必沖天」、「一飛沖天」，有所成就。

15. 程俊英譯注，《詩經譯注》，頁3-5。

16. 弗雷德里克·吉蓋（Frédéric Jiguet）編著，《鳥類》（*Discovering Birds*），張帆譯（香港：萬里機構．萬里書店，2015年），頁142。

17. 大自然博物館編委會組織編寫，《鳥》（北京：化學工業出版社，2019年），頁140。

18. 路雅，《活》（香港：瑋業出版社，2004年），頁49。

19. 海爾．賀佐格（Hal Herzog），《為甚麼狗是寵物？豬是食物？：人類與動物之間的道德難題》（*Some We Love, Some We Hate, Some We Eat: Why It's So Hard to Think Straight About Animals*），彭紹怡譯（新北：遠足文化事業股份有限公司，2012年），頁90-92。

20. 張煒，《文學：八個關鍵詞》（桂林：廣西師範大學出版社，2021年），頁55。

21. 杜甫，〈晨雨〉，《杜詩詳注》，仇兆鰲注，下冊（北京：中華書局，2015年），頁1347-1348。

22. 劉熙載，《藝概》，龔鵬程導讀（臺北：金楓出版社，1998年），頁90。蘇軾原句，見〈孫莘老求墨妙亭詩〉，《蘇軾全集校注》，張志烈、馬德富、周裕鍇主編，第2冊（石家莊：河北人民出版社，2010年），頁738。

23. 杏林子（劉俠），《打破的古董》（臺北：九歌出版社有限公司，2002年），頁206。

24. 杏林子，《俠風長流：杏林子生命之歌》，增訂新版（臺北：九歌出版社有限公司，2008年），頁108。

說盡，說不盡

《流動的椅子》研析拾絮

說盡，說不盡

《流動的椅子》研析拾絮

一、引言

忽恐匆匆說不盡，行人臨發又開封。

——張籍〈秋思〉[1]

張籍（約767－約830）在洛陽寫好家書，但臨寄出時，又把信封打開，再檢查一次是否還有未備。筆者析說《流動的椅子》，前後凡七篇，行將剞劂，亦像張籍那樣反覆細看。不敢說補苴罅漏，唯對曾經析論而尚見遺漏的部分，略作注明；一些庶幾可為談佐的想法，也簡單敘出，以塞篇幅。支離破碎，豈無餖飣之病？但零星觀點，或亦能給未來的研究者提供參考。

二、拾絮

（一）正反交疊構情節

筆者曾指出，路雅〈楚幽王劍〉最為密集地使用「正反」或「正反正」的敘事結構，藉以延展情節，促人反思，並造出複調、留白等效果。當時我製作表格，分別列出小說四章所見的「正反」、「正反正」用例，共計十四五組，自料頗為完備，但到複檢之際，又發覺路雅寫袁立君去買機票時，原來有意地鋪排了「熱」與「冷」的對比：「現在是盛夏，楓樹正茂，陽光曬人火燙，旅行社開在一間凍肉店的地牢」。推敲一下，這當與袁立君外冷內熱的形象匹配——他給人一毛不拔的感覺，卻肯為保存文物付出高價。

我稱「正反」為路雅小說的「暗脈絡」，這種脈絡在《流動的椅子》其他篇章裏也能觀察到一些，值得讀者隨時拾掇。例如〈滄浪．浮生〉這段短短的文字，「正反」交疊，就很精彩：

> 「告訴你一個美麗的謊話，方舟已在天空起航！」我給爸發出了一個電郵；發甚麼並不重要，知道他不會看，因為他已忘記怎樣打開電郵。

此處寫的，是「我」煞有介事、很花心思地道出方舟升天的小傳奇（其中「美麗」和「謊話」已是一「正」一「反」），但旋即又說「發甚麼並不重要」，內文實在不必費心；「我」以爸爸為對象，有明確目標地將電郵寄出，接着又立刻否定對象會看電郵，說郵件不會有人閱讀。小小的篇幅裏，「正」、「反」數度扭轉，頗見特色，並且順勢轉入下一段落：「我和爸的關係就是這樣，是那麼遙遠又接近。」是的，「接近」和「遙遠」，剛好又屬一「正」一「反」。

（二）樊音不讀張恨水

〈楚幽王劍〉曾謂：「當每個人都在談論着張恨水的鴛鴦蝴蝶夢時，十二歲的樊音卻捧着曹雪芹的紅樓夢。」鴛鴦蝴蝶派的成分其實頗為複雜，前後期、南北地域作家的風格各不相同，而路雅特別標出張恨水，亦有因由。

樊音生於1919、1920或1921年[2]，她十二歲時，日軍正加緊侵略中華，「九一八事變」、「一二八事變」等接踵而至。慣寫《金粉世家》、《啼笑因緣》的張恨水面對國家顛危，為文乃大異於昔。他在〈我的創作與生活〉裏說：

> 一九三一年「九一八」國難來了，舉國惶惶，我自己想到，我應該做些甚麼呢？我是個書生，是個沒有權的新聞記者。「百無一用是書生」，唯有在這個時期，表現得最明白。想來想去，各人站在各人的崗位上，盡其所能吧。也就只有如此聊報國家民族於萬一而已。因之，自《太平花》改作起，我開始寫抗戰小說。[3]

自此之後，張恨水成為抗戰文學名家，陸續有《熱血之花》、《彎弓集》、《東北四連長》（後易名《楊柳青青》）、《啼笑因緣續集》、《衝鋒》、《紅花港》、《潛山血》、《游擊隊》、《前線的安徽，安徽的前線》及《大江東去》等面世。其投身文藝戰線，「各人站在各人的崗位上，盡其所能」的表現，實際和路雅筆下的樊音非常接近，而張恨水的影響力應該還要大於樊音不少。

既然張恨水與樊音為同儕，路雅在〈楚幽王劍〉何以說樊音不屑讀張恨水呢？原來，路雅是以十二歲的樊音否定張恨水，象徵張恨水也在某種程度上否定自己1931年以前的創作。張恨水回顧《金粉世家》時說：

> 在冷清秋身上，雖可以找到了些奮鬥精神之處，並不夠熱烈……後來我經過東南、西南各省，常有讀者把書中的故事見問。這讓我增加了後悔，假使我當年在書裏多寫點奮鬥有為的情節，不是會給婦女們有些幫助嗎？[4]

略作補充，轉型後的張恨水曾在《水滸新傳》描寫英雄豪傑抗擊金軍，乃是借金國影射日本。拙稿〈閱歷．正反．虛實：路雅鑄就《楚幽王劍》〉亦曾指出，路雅是用李清照映襯樊音——李清照的宋朝被

金兵洗劫，樊音的民國遭日寇入侵，金與日本同樣構成對位，這又可見路雅與張恨水嶺斷雲連，自有契合之處。

（三）翠兒取名關入夢

我在〈經歷．形象．典故：路雅小說的人物命名試析〉裏說，《流動的椅子》會借人名連結典故，例子包括脫胎自鄭愁予〈梵音〉的「樊音」，遙呼「馬克斯．韋伯」的「韋柏」，音同「甘棠」的「金棠」，以及對應「齊格菲」的「齊非」。現在想來，我是漏掉了「翠兒」。

拙稿〈四十心如水，夢為蝴蝶狂：再論路雅小說的重複〉曾提到，〈生死篇〉寫江南掉進了翠兒的夢中，應該是參考了湯顯祖的《牡丹亭．驚夢》。據〈生死篇〉，翠兒是由「真空管裏的一隻蟲子所衍生」，而《牡丹亭》寫柳夢梅、杜麗娘的夢中溫存，唱詞即為：「看他似蟲兒般蠢動把風情搧，一般兒嬌凝翠綻魂兒顫」[5]，完整地包含了「蟲」、「翠」、「兒」這三個字眼。

〈生死篇〉較為含蓄，未嘗明示翠兒何以會因一場夢就深深依戀江南；但連上《牡丹亭》，即可知江南與翠兒在夢中曾試雲雨，纏綿有加。杜麗娘夢醒後拼命「尋夢」，其激烈正好映襯翠兒對江南喊的：「那是你欠我的！」凡此種種，皆讓路雅小說與傳統經典有着更多比讀的空間。

（四）幾種香料含象徵

在〈時空流，迴環樂：路雅《滄浪．浮生》的重複〉後記裏，我說路雅特別點出〈史卡博羅市集〉的歌詞有Parsley, sage, rosemary, and thyme，中譯為香芹、鼠尾草、迷迭香和百里香。秀實〈賞詩如賞花，讀敬丹櫻〉解釋，〈史卡博羅市集〉的「香芹、鼠尾草、迷迭香和百里香四種植物，分別代表愛情的甜蜜，力量，忠誠

和勇氣」[6]。這些象徵意義，恰好能概括路雅「四個」系列所傳揚的價值和美德。

香芹／甜蜜：《流動的椅子》固多沒有結果的戀情，但也不乏「甜蜜」到底的伴侶，如譚家熙夫婦、木棉和春嬌等[7]，他們都訴說着平凡人相依相愛的浪漫與可貴。令人感覺甜的還有親情，像〈四個男人的故事〉一篇，兒子「脫下身上的卡曲」，悄悄為父親加衣，那份關愛之情，盡在不言中[8]。

鼠尾草／力量：除了早熟勤奮的阿媚和倔強幹練的程嵐外[9]，〈四個男人的故事〉寫漢明曾因殘疾而意志消沉，其後他經坤叔鼓勵和教導，刻苦地鍛煉輪椅劍擊技術，獲取了力量，終於在奧運賽事贏得金牌，站上頒獎台，跨越了命運給他的障礙。

迷迭香／忠誠：婚禮中，新娘常會戴上迷迭香花冠，代表她對愛情的堅貞[10]。〈四個女人的故事〉中，已婚的老闆曾在酒後「握着春嬌的手不放」，向她示愛，春嬌心裏卻只有木棉一人，是以她第二天便向公司遞上辭職信，遠離似有所圖的東主；與之相似，已有太太的教授曾表示要包養季紅，季紅卻不為利益所動，拒絕做第三者。

百里香／勇氣：戰士的征袍，常常會縫上百里香圖案[11]。〈四個男人的故事〉中，木棉為了至親，不畏風雨，無懼艱險，勇敢地出海謀生。在〈四個女人的故事〉裏，「你」只得十四歲時，父親便因交通意外離世。傷心的「你」雖一度泣不成聲，卻答應公公會「勇敢地活下去」，長大後事業漸漸有成，「你」仍一直秉持着「要比別人飛得更高和更遠」的挑戰精神。

（五）板塊拼接非時序

路雅小說常見「塊狀」的非時序敘述，「將時間上並無直接聯繫的幾段敘述按其語義構成敘事作品」[12]。舉例來說，〈四個老人

的故事〉裏，董家明的章節就有三大板塊：一是他和老徐閒侃，姑且標注為「A」；二是關於兒子文輝，雖有遠至「文輝才五歲」的片段，但主體部分是董家明早上接到兒子的電話，標注為「B」；三是董家明在中學、大學時期和進入政府後的輝煌事跡，標注為「C」。這三項的發生先後當為C→A→B，而小說的敘述順序則為：A→B→A→B→C→A→B。

〈四個女人的故事〉中，春嬌為主角的一章共有兩條線索，一是春嬌和她的老闆（標為「A」），二是春嬌和木棉（標為「B」）。整章小說的結構是先寫老闆，接寫木棉，然後跳回老闆那邊，又由木棉的部分繼續，反複地進行交替，最終將兩條主線結合，模式為A→B→A→B→A→B→A→B→A→B→AB。具體情形，或可見如下表：

部分	A	B
1－2	春嬌在公司加班，與老闆遇上。	木棉為春嬌買皇后餅店的鳥結糖。
3－4	老闆埋怨定單收入變少且貨期短。	木棉和春嬌走到海旁吹風。
5－6	寫老闆喜歡打高爾夫球。	春嬌說擔心木棉遇到颱風，木棉承諾給她報平安。
7－8	老闆喝了酒，竟呢喃不清地向春嬌示愛。	春嬌在小學時已留意木棉。

部分	A	B
9 － 10	老闆説春嬌令公司充滿活力。	春嬌愛木棉的平凡，不介意自己唸書比他多。
11	春嬌不願再面對老闆，於是向公司辭職；同時，春嬌最擔心在風暴下出海捕魚的木棉，要至收到他報平安的留言後，她才覺得鬆一口氣。	

以上述兩個章節為例，文本板塊與板塊的銜接有時十分自然、清晰，如老徐說太太在家中「儲滿」雜物，董家明即回憶自己在小學時「集齊」了某套郵票；又如春嬌特別「留意」相貌平平的木棉，後文便接到老闆很「留意」春嬌在公司的表現。但較多時候，各板塊的關係需要讀者多費心神，如老徐說股票大賺，要給自己「獎賞」，原來是對位文輝問董家明想要甚麼「禮物」；春嬌害怕木棉「遇上颱風」，乃是對位老闆失儀，讓春嬌有了「暴風雨」式的震驚。

概言之，路雅的小說有種抗拒平鋪直敘的內在精神，時間段幾經剪接，事件也往往被化整為零，為人們帶來獨特的新鮮感。固然，這對讀者亦有較高要求，他們必須運用聯想和記憶，去發掘分散的敘述如何彼此黏合，如何構成完整的圖景[13]。在消遣之上，路雅更喜歡給讀者發出挑戰，邀請他們同來做腦部的體操運動。

（六）動畫電影得比照

在〈四十心如水，夢為蝴蝶狂：再論路雅小說的重複〉後記部分，我談到《流動的椅子》和新海誠動畫電影常有相近的構思，雖僅僅出於巧合，卻讓兩者有着廣袤的對讀空間。

只取「入夢」一端具體析說，路雅〈生死篇〉曾寫：「跌進翠兒的夢境是個意外，江南知道，她可以睡上萬年。」而在新海誠《雲之彼端，約定的地方》裏，澤渡佐由理（SAWATARI Sayuri）是抑制巨塔裝置的關鍵，科學家只好讓她一直沉睡，否則，「在她睜開眼睛的那一刻，這個世界將以那座高塔做為中心，在短暫的瞬間之內被平行世界所吞沒」[14]。要不是男主角藤澤浩紀（FUJISAWA Hiroki）遵守在夢裏和佐由理的承諾，駕駛飛行器把她載到巨塔那邊，佐由理在嚴密的監控之下，當真「可以睡上萬年」，永不醒來。

路雅〈滄浪．浮生〉有一幕寫齊非連呼「金棠啊……金棠！……」情感滿溢地「把她的名字喚了下來」。而新海誠《你的名字。》裏，立花瀧（TACHIBANA Taki）在成功讓時光倒流之後，女主角宮水三葉（MIYAMIZU Mitsuha）便接力挽救受隕石威脅的糸守町。新海誠這樣寫獨個兒佇候的立花瀧：

> 「不論妳在世界上的哪一個角落，我一定會再去見妳。」
>
> ……
>
> 「——妳的名字是三葉。」
>
> 我閉上眼睛，想要確認記憶，想要確實記住。
>
> 「……沒關係，我記得！」
>
> 我得到自信，張開眼睛。只見白色的半月掛在遙遠的天空。
>
> 「三葉、三葉……三葉、三葉、三葉，妳的名字是三葉！」
>
> 我朝着半月呼喊她的名字。
>
> 「妳的名字是……！」

> 這時，原本想說出口的詞語輪廓突然變得模糊。
> 我連忙撿起筆，試圖把名字的第一個字寫在手掌上。
> 「咦……」
> ……
> 「……妳是誰？」[15]

因為立花瀧和宮水三葉都忘記了對方的名字，且喪失了二人互動的記憶，他倆就此斷絕音信，要等多年之後，才由作者安排重聚的結局。這不禁令人想起金棠所怨嘆的：「如果不知道我的名字，誰教他找到相遇的位置？」也彷彿〈滄浪．浮生〉旁白說的：「在時間的長河，彼此要找到一個吻合等待的位置，他們才可以重逢。」短短數行字，蘊含多少唏噓悵惘！

（七）四個孩童的故事

有次路雅說想續寫一篇〈四個孩童的故事〉，讓「四個」系列完整包含「男人」、「女人」、「老人」和「孩童」。據此發揮，我想到漢斯．克里斯汀．安徒生（Hans Christian Andersen, 1805 － 1875）的幾篇作品，適好能與《流動的椅子》有些呼應。例如名篇〈豌豆上的公主〉（“The Princess on the Pea”）是這樣收束的：

> 那粒豌豆被擺在藝術品陳列室裏，要是沒有人把它拿走的話，現在還可以看到它呢。
> 瞧，這是一個真實的故事！[16]

故事明明虛構，卻給出「真實」的證言，這多像路雅交融「虛」與「實」的〈楚幽王劍〉、〈流動的椅子〉及〈花道與茶藝〉諸作。大量

運用「求實細節」的路雅，似乎亦在文字的夾縫錄下一段聲音：「瞧，這是一個真實的故事！」

安徒生〈老街燈〉（“The Old Street Lamp”）有這段話：

> 「只要我不被鑄成別的東西就好了！」街燈說：「或者，就算被鑄成了別的東西，你也能保證我還能有記憶力嗎？」[17]

它無端讓我想到〈滄浪．浮生〉，平行對位的小說人物猶如歷經轉生，「鑄成別的東西」，一直延續着環繞香格里拉的愛念和「記憶」。此外，江南在〈流動的椅子〉、〈花道與茶藝〉和戴着金花蝴蝶別針的段姬碰面，那份似曾相識的感覺，很可能亦「化蝶」穿越時空，在〈生死篇〉裏另鑄出江南與翠兒的情緣。

又讀安徒生〈荷馬墓上的一朵玫瑰〉（“A Rose from Homer's Grave”）：「東方所有的詩歌都詠頌夜鶯對玫瑰的愛情。在繁星閃亮着的寂靜夜裏，長着雙翅的歌手為牠那芬芳的花朵帶來一首小夜曲。」[18]這比較簡單，只提醒了我《流動的椅子》亦有不少類近的詩化語言[19]。而〈鳳凰鳥〉（“The Phoenix Bird”）所云：

> 鳳凰鳥並不單是阿拉伯的鳥，牠在拉普蘭的冰原上，在北極光的光芒中飛翔，在格陵蘭短暫的夏日裏，在金黃的花間飛過。[20]

鳳凰鳥既似〈滄浪·浮生〉裏長期「流徙」的「我」，亦像〈流動的椅子〉遊遍戈壁、上海、香港和米蘭的段姬。至於那些如「鳳凰鳥」般浴火重生的小說人物，像「四個」系列的漢明、阿媚、程嵐等，他們的故

事確也不限於一時一地，從傷心的「冰原」，煥發上進的「光芒」，各自讓生命綻放出「金黃的花」。

三、結語

沿書街拾絮，粗略整理，約可得出以上七項。路雅是基督徒，「七」在《聖經》正含「圓滿」之意[21]，而我卻絕不敢說已經把《流動的椅子》「說盡」了。回顧之前各篇撰作，筆者其實皆已加插「後記」，略述路雅和我當面交流時，彼此有何補充。然而小說雖「小」，表面「說」畢以後，總還是意猶未盡，文本的豐贍內蘊恰如源源之泉，從不枯竭，研析一部作品亦因之恆無止境，可續而又續。邀請讀者都來持續參與及詮釋，則文本的意義，必將日新又新，擁有綿延無盡的生命力。

後記

連這篇也有「後記」，論述之永難完整，可見一斑。擱筆之後，忽然又想到〈滄浪・浮生〉寫香格里拉之偏遠，路雅的筆法實有類於柳宗元（773 － 819）〈始得西山宴遊記〉，處處反襯；齊非穿過峽谷、發現村莊的一剎，則近乎陶淵明（約365 － 427）的〈桃花源記〉：「初極狹，才通人；復行數十步，豁然開朗。土地平曠，屋舍儼然，有良田美池桑竹之屬」[22]。具體比較，融通古今，就交給各位讀者了。

注釋

1. 李長路，《全唐絕句選釋》，第1卷（北京：北京出版社，1987年），頁508。
2. 據小說所記，1937年「七七事變」時，樊音十七歲。
3. 張恨水（張心遠），〈我的創作與生活〉，《水滸小札》（香港：三聯書店有限公司，2021年），頁200。
4. 張恨水，〈我的創作與生活〉，頁192-193。
5. 湯顯祖，《牡丹亭》，頁73。
6. 秀實，《賞花賞詩——止微室談詩》（臺北：秀威資訊科技股份有限公司，2021年），頁118。
7. 譚家熙夫婦見於〈四個女人的故事〉和〈四個老人的故事〉，木棉和春嬌則見於〈四個男人的故事〉和〈四個女人的故事〉。當然，在「四個」系列之外，〈滄浪．浮生〉的威廉夫婦也是愛情甜蜜的代表。
8. 作為參照，〈滄浪．浮生〉裏「我」和父母雖遠實近，溫心的親情盈溢紙間。
9. 阿媚見於〈四個老人的故事〉，程嵐則見於〈四個男人的故事〉。
10. 姚瀟語，《一花一世界——你所不知的植物故事》（臺北：獨立作家，2015年），頁60。
11. 姚瀟語，《一花一世界——你所不知的植物故事》，頁87。
12. 胡亞敏，《敘事學》，頁74。
13. 許榮哲，〈詩小說——沒有答案，沒有入口，無法進入〉，《小說課之王：折磨讀者的祕密》（臺北：遠見天下文化出版股份有限公司，2020年），頁268-269。
14. 引文取自小說版，見於加納新太（KANOH Arata），《雲之彼端，約定的地方》（*The Place Promised in Our Early Days*），新海誠（SHINKAI Makoto）原著，陳顥譯，第3版（臺北：尖端出版，2021年），頁276。
15. 引文取自小說版，見於新海誠，《你的名字。》（*Your Name.*），黃涓芳譯（臺北：臺灣角川股份有限公司，2016年），頁202-203。
16. 漢斯．克里斯汀．安徒生（Hans Christian Andersen），《安徒生故事全集》，林樺譯註，第1冊（臺北：聯經出版事業股份有限公司，2005年），頁46。
17. 安徒生，《安徒生故事全集》，第2冊，頁90。

18. 安徒生，《安徒生故事全集》，第1冊，頁307。

19. 詳參本書「附錄」。

20. 安徒生，《安徒生故事全集》，第2冊，頁180。

21. 朱天民，《聖經的寓含與預表》（新北：歸主出版社，2013年），頁11。

22. 劉盼遂、郭預衡主編，《中國歷代散文選》，上冊（臺北：五南圖書出版股份有限公司，1991年），頁693。

附錄

路雅小說中的詩化語段

陳俊熙、余城旭、王務樺、顧嘉鏗

〈楚幽王劍〉

很多個晚上，她掌着油燈，如豆的微光照着她晃動的臉容，薄薄的唇瓣勾出清逸淺笑，有時又帶點青春的傲氣。

你醒來，昨宵彷彿夢見被褥，她在身邊睡得很甜，枕上散發着一髮空茫，低低垂下的長睫似在微笑；你捨不得吵醒她。掀開軟軟的毛氈，她白皙的皮膚呼吸着窗外透進的微光，外面是一山的樹，涼涼的露水染冷早春的鳥啼……

她不算美艷動人，如果用花來形容她的美態，你會把她喻為茉莉，沒有甚麼風姿綽約，從她身上只會散發出淡淡的幽香。她的美麗，是屬於較內斂的那種。

暗暗燈光下，照着兩串受潮後捲曲的廣告紙旗，虛虛蕩蕩地懸在近門口一邊。還有棵奀瘦的鐵樹，默劇一樣站在那裏。

〈賣詩的老人〉

鳳凰木盛開的六月，火紅地燃燒着夏日，你送走童年一塊兒滿山走的摯友。帶着失落走往回家的路，經驗告訴你，送走的人不會回來。

那種經歷有如走在沙漠，食水耗盡，有人用直升機把你吊上百尺高空，讓你望向無涯四野。然後重新把你放回地面，那種絕望，任誰都會放棄，但我沒有別的選擇，只能往前走下去！

她低低垂下了頭，怯懦的凝睇撫着他濕冷的手，取出紙巾給他抹去掌心的汗水。在那無聲的段落，細心地為他抹了又抹，一邊聆聽他心裏淌下的淚滴，一邊軟軟地看着他的淒苦；他從沒那麼被愛過……

另一個在雨中要他伴着的女孩，說要與他走在一生一世的長夜。欲在他的夢裏埋下一把長長黑髮的玲瓏，他的臉像微風靠入了她溫柔的脖子，可是一臉嫵媚的銀夜，怎也照不進他自卑的窗扉。

把夜賣給海洋罷……微光啊，我終於看見你的缺口！即使他能付出整個花城的代價，也換不回春季的鳥鳴。

〈生死篇〉

一對劫後重逢的年輕愛侶，趨前緊抱，激動得滿臉披淚，但很快便見到浪髮在風中飄落，微光照着皺紋爬上美麗的臉龐，肌肉萎縮，牙齒脫落……瞬間成為一堆灰燼。衣衫化塵，風吹來時，飛滿了天空。

柴可夫斯基的降 b 小調鋼琴協奏曲響起。漲潮引發的浪花飛騰。一陣驟雨降落梯田的早稻。逆流而上的鮭魚歡呼。正好是一隻纖纖蜂鳥飛過……

走過初夏明媚柳影的飄動，遲來的杏花吹滿頭，染亮了小亭與階紅，還有遍地點點滴滴的落英，滿樹的蟬，叫醒陽光中睡着的蓮。

〈滄浪・浮生〉

這區算是老區，人口不多，聖誕已過，對面屋子悄然若昔，一切回復假期後的寂寞。窗內未及拆去的燈飾依舊，正規律地閃亮。

冬日暖暖的陽光，綴落她花白的髮絲。

人生有幾多個驛站，站上會遇到甚麼過客？

風雨飄搖的日子中，明天誰將在我身邊路過？而我的下一站，又會遷徙到哪裏？

微涼的露水沾濕了衣衫，昨宵薄薄的蟲鳴，散落隨意的山徑。這條古道，像一段失去的記憶，在此歷史悠悠長河，甚麼都可能發生。

暗暗的油燈照着滿頭霜雪，她晃動的身影貼在震顫的牆上，甚麼都沒有說。

那夜星光燦爛，他的夢沒有牽念。風送弦琴，美麗的樂韻不能把異鄉人繫住。

輕風吹來，羞澀不經意地流過泛着朝霞的臉龐。

那晚流星飛過，齊非在行囊裏取出小茴香、茉莉、肉蔻與丁香……只為了答謝金棠給他補釘破爛的白麻布衣，細細密縫下，無針亦無綫，只有羞怯的溫柔，在微薰小油燈影下，晃動了他側影的呼吸。

時間本無源，流過之處亦無痕，人生卻有許多相交點，你我的秩次不同，彼此只是蒼穹上逆向的流星；是否那就是無常？

我漸漸明白爸為甚麼不想我從事平面設計，因為他幹了一輩子印刷，每天都接觸到設計師，他常對我說這行工時長，回報低；沒見過幾個能畫出彩虹。

難耐夜夜無眠；即使花期已過，歲月悠悠，誰仍堅守？在那沒有時限的年月。

〈四個男人的故事〉

看着她輕步黃昏細雨，來到大會堂低座，盈盈欲語的目光跟我遇上，立即垂望鞋尖。

那天在碼頭，呆望着海港，看着船隻穿梭在維多利亞海峽，那刻好像整個世界與你再沒有關係，又似一隻斷了線的風箏，不知道自己會飄向哪方。

地上幾隻小麻雀，在陽光微拂的輕風下，正在啄食着地上的沙石，希望覓得一點甚麼可以果腹，忽然一對情侶柔光中走過，小麻雀

驚慌飛走了。起落的翅膀拍動一片花白的陽光。剛巧有艘渡輪正在泊岸，翻起閃閃粼光。這是個風和日麗的晌午。

只要看到日出，就會見到木棉的漁船，平靜地剪開碧海。

他知道春嬌今次最想收到的是他的聲音。看看天邊，是一片白亮，黑夜已經過去。

沒一會兒，他便攬着滿襟的星光睡去。看着天色已晚，也是時候起錨回航，在如斯陌生的夜海，寒風凜冽，我脫下身上的卡曲，悄悄加在他身上，然後反起衣領，擋住了那一夜海風的冰寒！破浪而去……

〈四個女人的故事〉

每件事物該有完結的時間，今年的座枱月曆已經完成了任務，明年又會換上一個新的。

這個城市每刻都發生不同的故事；人和事，構成了它的美麗。昔日浮光飛逝，紛紛揚揚，閃爍着碎片拼湊的時光。

不知多少個晚上，坐上穿越海底小巴，搖晃着疲累的身軀，就想起家鄉星夜，月色涼涼地浸着睡意。流過的廣告屏幕展示白燦燦的繁華，兩個不同的地方，交疊在同一時空。

我是一棵樹，不在那個晨昏，不屬於甚麼季節，只為等一隻飛倦了的鳥，在我那裏結個巢。

正如魚屬於海洋，鳥兒屬於天空。你卻是屬於明日。

第一次遇上他是在巴黎的小酒吧，他興起來打開身邊的大提琴輕奏，不一會嘈吵的狹小空間立刻靜下來，大家都屏息傾聽，不知不覺跌進了大提琴低沉的音箱。那是一面平滑的湖，深邃而明亮……

那種非典型的含蓄，很適合拉大提琴，除了它低沈的音色，誰會說出獨白時的寂寞？

每次聽見，都是不置可否地莞爾一笑：「我買下一片海洋，更捨不得藍天！」

正如魚屬於海洋，鳥兒屬於天空。你卻是屬於明日。

一直以來，只知道往外飛。從沒回頭。今天飛出去，就是要比別人飛得更高和更遠，因為飛出去不為甚麼，只為了他日的凱旋！

暗暗的燈光剪出她側臉的青春。

〈四個老人的故事〉

只有果欄這個舊城區，還有那麼一組矮小的建築物，讓少有的陽光射進街道，軟弱無力地撫摸着蛻變中的城市。

童年的回憶，一刻間在腦海裏不斷翻動，幀幀發黃的舊照，恍如隔世。

順嫂目送淑雯的身影消失在鬧市熙來攘往的人車中，良久才回頭，怕這一別今生沒機會再見，有些東西錯失了就永遠不再，時間的長河甚麼也留不住。那邊拍完照的年青人又走來話別，他只是浩瀚的銀河系偶然飛過的一粒流星。

離開馬場，電車走過叮叮的街聲。一陣驟雨飄過。迎面低頭族不辨風雪。眼前的戰前舊樓，忽然跌了片小太陽的燈光在牆腳。碎了一地。

那片遼闊的天空是個夢，想不到清清爽爽的希望竟可成真！響亮的一聲鳥叫跌落那邊山林，卻看不見鳥兒的蹤影。悄然留下擴大的寧靜。

那唐樓入口窄小的梯間，剝落的牆壁，釘着散亂的電線。還有鐵皮做的信箱，破爛地掛在一隅，那熟悉的地方，以後將屬於他擁有，他撫摩着破牆留下了的時間，交錯着悲喜，眼眶一熱，便禁不住激動泛淚……

〈流浪的椅子〉

看她臉上泛起那不經意茫然，是初春醒來的海棠？抑或午後甜睡的楊柳？懶洋洋的感覺，令人墜入迷醉的假日……

每人都有自己的奔途，只是明天誰帶領我們走出紅海呢？生命中太多未知的因素，無涯漂泊似乎是居住在這小島上的人命定了的未來，前面是遙不可及的彼岸。

〈花道與茶藝〉

她看見我們，漠然抬頭；那刻凝眸像從夢中回來，澄明目光帶着偶爾迷惘……

段姬不無感慨地說，又再幽幽凝眸，如春夢初醒的彩蝶，剛破繭而出，怯生生地抖動雙翅……如果萬物皆空；她有甚麼虧欠呢？

接收延緩的美學

路雅小說〈賣詩的老人〉

輯 1

接收延緩的美學
路雅小說〈賣詩的老人〉

·

時空流，迴環樂
路雅〈滄浪．浮生〉的重複

·

閱歷·正反·虛實
路雅鑄就〈楚幽王劍〉

·

命運交織的宴會
路雅〈流動的椅子〉、〈花道與茶藝〉

說盡，說不盡

《流動的椅子》研析拾絮

附錄

輕沾鳥獸群

路雅小說中的動物

四十心如水，夢為蝴蝶狂
再說路雅小說的重複

輯2

經歷・形象・典故
路雅小說的人物命名試析

命運交織的宴會

路雅〈流動的椅子〉、〈花道與茶藝〉

閱歷・正反・虛實
路雅鑄就〈楚幽王劍〉

目錄

輯 1

順緣掇落花，隨圓聽劍聲：
路雅小說研析集

作者：余境熹
書刊設計：Gin Wong
責任編輯：李沛廉、林懿秋

出版：初文出版社有限公司
manuscriptpublish@gmail.com

紙藝軒出版社
sales@paperhouse.com.hk

印刷：柯式印刷有限公司
香港北角屈臣道4-6號海景大廈B 座605室
電話：(852) 2565-7997
傳真：(852) 2565-7838

發行：香港聯合書刊物流有限公司
香港新界大埔汀麗路36號
中華商務印刷大廈3字樓
電話：(852) 2150-2100
傳真：(852) 2407-3062

海外總經銷：貿騰發賣股份有限公司
地址：新北市中和區中正路880號14樓
電話： 886-2-82275988
傳真： 886-2-82275989
網址： www.namode.com

版次：2023年12月初版
ISBN：978-988-76931-3-0
定價：港幣150元　新臺幣600元

Published and printed in Hong Kong
香港印刷出版

版權所有，翻版必究

順緣掇落花
隨圓聽劍聲

路雅小說研析集

余境熹

握風捕影
敢求恩知